Kim Lorenz

Langeoog
Tod

2. Fall für Kathrin Hansen

Zum Buch

Eine Tote in der Disko am Weststrand. Auf einem Video sieht Kathrin Hansen am Abend zuvor die junge Frau sprühend vor Lebensfreude in die Disko kommen. In Begleitung. Eine Frau, die das Leben liebte. Ihr Tod trifft Kathrin Hansen ins Herz. Schnell baut sich für die Hauptkommissarin ein Beziehungsmotiv auf, doch es kommt dicker. Erschossen, sauber verpackt und ordentlich deponiert, gibt es bei der Strandaufschüttung ein weiteres Mordopfer. Schlagartig wird Kathrin Hansen klar, dass sie es mit professionellen Killern zu tun hat und ihre ganze Sorge gilt der Sicherheit der Inselbewohner. Als die Hauptkommissarin und ihr Team glauben, kurz vor der Aufklärung der Mordfälle zu stehen, gibt es noch ein Sahnehäubchen oben drauf. So eine richtig schöne Hinrichtung. Stilvoll, mit allem drum und dran. Doch der Schlussakt hat es dann so richtig in sich.

Kim Lorenz

Langeoog Tod

2. Fall für Kathrin Hansen

Bibliografische Information der Deutschen
Nationalbibliothek:
Die Deutsche Nationalbibliothek verzeichnet diese
Publikation in der Deutschen Nationalbibliografie; detaillierte
bibliografische Daten sind im Internet über
http://dnb.dnb.de abrufbar.

Herstellung und Verlag:
BoD – Books on Demand, Norderstedt
ISBN 978-3-7347-4162-3

1. KAPITEL

Sie freuten sich auf einen so richtig schönen Tag. Es war Anfang Juni, die Temperatur war um die zwanzig Grad und dazu wehte eine leichte Brise aus Südwest. Kathrin Hansen hatte seit Mittag für das Wochenende dienstfrei und war mit Hindrik unterwegs zur Meierei. Seit Tagen träumte sie von dem dort selbst gebackenen Käsekuchen und sie wusste, dass es auf der Kaffeetafel auch noch die eine oder andere Leckerei gab, der sie nicht widerstehen könnte. Hindrik dagegen schwärmte mehr für den selbst gebrannten Sanddorn Likör, was dann meist in eine lustige Rückfahrt ausuferte.

Vor ihnen erstreckte sich die Dünenlandschaft des Pirolatals und wie immer, wenn Kathrin Hansen auf ihrem Bike durch diese Traumlandschaft fuhr, war sie hin und weg. Sie genoss die Freiheit und Schönheit der Natur, beobachtete belustigt einen Fasan, der in den

Dünen thronte wie der Deichgraf persönlich. Mit protzigem Gehabe und kecken Rufen demonstrierte er selbstbewusst seinen Besitzanspruch.

Hindrik, der neben ihr daher radelte, zeigte auf die hohen Uferdünen und meinte, dass die Aufforstung der Dünengräser vom vergangenen Jahr nun deutlich zu erkennen wäre. Neuaufforstung, ein Projekt, das viel Geld gekostet hatte, doch zum Schutz gegen Sturmfluten und Dünenabbruch erforderlich war.

Am Schloppsee wollte Kathrin Hansen gerade Hindrik vorschlagen, sich die Fortschritte der Dünenbefestigung näher anzusehen, als ihr Handy sich meldete. Im Display leuchtete die Nummer der Dienststelle. Dieses Wochenende hatte Ava Sari Dienst und sie würde nicht anrufen, wenn es sich nicht um was wirklich Wichtiges handeln würde. Bitte nicht, wünschte sich Kathrin Hansen, dieses Wochenende gehört Hindrik und mir. Mit einem flauen Gefühl im Bauch drückte sie auf die Empfangstaste.

Mit Wochenende war dann nichts mehr.

Kein Käsekuchen und Hindrik konnte sich seinen Sanddorn Likör in den Sand malen.

»Kathrin, es tut mir Leid, aber es brennt«, meldete sich Ava Sari. Ihrer gedrückten Stimme nach erkannte Kathrin Hansen, dass etwas Ernstes vorgefallen sein musste.

»Kein Problem, Ava.

Wo brennt es?«

»Eine Tote.

Eine junge Frau in der Disko vom Seeblick. Siggi King, der DJ, hat sie gefunden, als er die Disko für den Abend herrichten wollte.«

Eine Tote in der Disko!

Schlagartig wusste Kathrin Hansen, dass sie es mit besonders Abscheulichem zu tun haben würde.

»Hat dieser King sich geäußert, wie die Frau gestorben sein könnte?«, fragte sie.

»Seiner Meinung nach hat sie irgendein Zeug geschluckt. Drogen oder so. Sie hockt auf einer Kloschüssel.«

»Na, toll«, stöhnte Kathrin Hansen. »Hast du dem DJ gesagt, dass die Disko geschlossen bleibt?«

»Klar, war auch kein Problem. Sein Chef, Karsten Lenz, hatte das schon angeordnet. Der will dich übrigens sofort sprechen. Er hat Sorge um seinen Ruf und so. Du kennst das ja.«

»Erst mal sehen, was da wirklich abgegangen ist«, knurrte Kathrin Hansen. »Ava, rufe Friedrichs an und sage ihm, dass wir uns in einer halben Stunde in der Disko treffen.«

»Okay. Was ist mit dem Kriminalrat, soll ich den schon informieren?«

»Nein, ich will erst genau wissen, mit was wir es zu tun haben.« Kathrin Hansen blickte bedauernd zu Hindrik hin, der bereits sein Rad umgedreht hatte. Wie immer hatte er Verständnis für die Situation und meinte, er würde dann in Ruhe einige Dinge erledigen. Für die organisatorische Betreuung der syrischen Flüchtlinge müsste in seinem Erholungsheim noch einiges vorbereitet werden.

»Okay, vielleicht können wir am Abend ja eine Runde am Strand joggen«, meinte Kathrin Hansen und schwang sich auf ihr Bike.

»Mein Gott noch, wie einsam und erbärmlich muss diese junge Frau gestorben sein«, äußerte sich Kathrin Hansen erschüttert. Sie bemerkte, dass Friedrichs kalkweiß im Gesicht wurde und sich um Haltung bemühte. Tote waren nicht gerade sein Ding. Eingehend betrachtete sie das hübsche Gesicht der höchstens fünfundzwanzig Jahre alten Frau. Ihr langes, blondes Haar war zu einem seitlichen Zopf geflochten, die klaren Linien ihres Gesichtes traten durch den Tod deutlich hervor. Designer Jeans und ein sportliches Poloshirt von Bogner sprachen für ein gehobenes finanzielles Niveau. Mit Blick auf die gebräunten nackten Arme, die keine Einstichstellen aufwiesen, war sich Kathrin Hansen sicher, dass sie keinen Junkie vor sich hatte. Und auch sonst konnte sie keine Verletzungen feststellen.

»Entweder hat sie in Unkenntnis eine tödliche Droge geschluckt, sie wurde vergiftet, oder aber sie war krank«, resümierte Kathrin Hansen.

»Als es ihr dann schlecht ging, hat sie sich aufs Klo verdrückt und es nicht mehr geschafft, sich bemerkbar zu machen. Was bedeuten würde, dass es bereits sehr spät gewesen sein muss, sonst hätte ja irgend jemand was bemerken müssen, das Klo hier ist nicht gerade eine einsame Insel.«

Nachdenklich blickte sie zu Friedrichs hin.

»Das wäre die eine Variante.

Möglich ist aber auch, dass die Frau woanders gestorben ist und dann erst auf die Toilette deponiert wurde. Um genau den Eindruck zu erwecken, den ich gerade geschildert habe. Wie auch immer, was genau gelaufen ist, werden wir wissen, wenn das Obduktionsergebnis vorliegt. Auch dass sie keine Tasche oder etwas in der Art bei sich hat, spricht dafür, dass es kein normaler Gang zur Toilette war. Bei der Gelegenheit wird sich doch gerne mal eben frisch gemacht. Klar, die kann sie in der Disko liegen gelassen haben und jemand hat sie mitgenommen.« Mit ihrem Handy schoss Kathrin Hansen einige Fotos, prägte sich nochmals die Szene ein, verschloss die Toilettentür und wandte sich an Friedrichs.

»Olli, wir wissen nicht, ob ein Verbrechen vorliegt, hier muss sich die Kriminaltechnik umsehen, ich informiere Kriminalrat Heidkamp. Er muss die Jungs und die Pathologin per Heli rüber schicken und bis die eintrudeln, versuchen wir heraus zu bekommen, was gestern Abend hier gelaufen ist.«

»Moin, Karsten«, begrüßte Kathrin Hansen den Besitzer vom Seeblick, der vor der Disko unruhig hin und her tigerte. Sein DJ Siggi King stand mit verschlossener Miene im Hintergrund und Kathrin Hansen sah ihm an, dass er sich am liebsten unsichtbar gemacht hätte. Den Mann kannte sie nicht, der musste neu in der Disko sein.

»Kathrin«, mit finsterer Miene baute sich Karsten Lenz vor ihr auf. »Wir müssen das hier bedeckt halten, das darf keiner mitkriegen. Du weißt doch, wie die Leute sonst reden werden.«

»Karsten, komm runter, wir wissen doch noch gar nicht, woran die Frau gestorben ist. Weiß eigentlich einer von euch, wer sie ist?« Sie bemerkte, wie der DJ in eine andere Richtung blickte, während Karsten Lenz entschieden den Kopf schüttelte.

»Also, ich kenne die Frau nicht, bin allerdings auch ganz selten unten in der Disko. Gerade am Wochenende ist abends im Restaurant die Hölle los, da muss ich sehen, dass dort alles rund läuft. Aber vielleicht kann dir Siggi mehr sagen.«

Nachdenklich blickte Kathrin Hansen zu dem DJ hin.

»Karsten, den kenne ich nicht, arbeitet der schon lange bei dir?«

»Seit drei Wochen, aushilfsweise samstags und sonntags. Torsten, der sonst die Disko macht, ist derzeit krank.«

»Okay, dann wollen wir hoffen, dass er die Frau kennt, sonst müssen wir an die Öffentlichkeit, mit Foto und so. Papiere hat sie nämlich keine bei sich und eine Tasche haben wir auch nicht gefunden.« Kathrin Hansen hörte, wie Lenz frustriert etwas vor sich hin brummte und ging zu dem DJ.

King machte seinem Namen alle Ehre. Er war an die zwei Meter groß, breit wie ein Schrank und Kathrin Hansen hätte ihn sich gut als Türsteher vorstellen können. Mit Piercings an Ohren und Nase, tätowierten Armen und einer langen fettigen Mähne, machte der Mann einen platten Eindruck. Es fehlte eindeutig die

11

Persönlichkeit. Wieso Lenz eine solche Ausführung seinen Gästen zumutete, konnte sie nicht nachvollziehen, möglicherweise gab es Probleme, gutes Personal zu finden.

»Sie sind Siggi King?«, begrüßte sie den Mann.

»Richtig. King.

Sieht man doch.«

Am liebsten hätte Kathrin Hansen dem Typ kräftig auf die Füße getreten, wollte jedoch keine Aggressivität aufkommen lassen. Sie zwang sich zur Ruhe.

»Als Sie die Tote gefunden haben, waren Sie da alleine?«, fragte sie.

»Ganz alleine, und wenn ich nicht hätte pissen müssen, hätte von der Tussi noch keiner was mitgekriegt.«

Super, fuhr es Kathrin Hansen durch den Kopf, der Mann ist ja ein richtiger Kotzbrocken.

»Wann war die Frau gestern Abend in der Disko? Sie müssen sie doch bemerkt haben, so groß ist die Location ja nicht.«

»Habe ich nicht. Ich bin Künstler, wenn ich choreographiere, bin ich in voller Konzentration.«

Ach, du Scheiße, dachte Kathrin Hansen, auch das noch. Große Masse, kleines Hirn.

Sie trat so nahe an King heran, dass sie seinen Schweiß riechen konnte.

»Nochmal. Sie sind sich ganz sicher, dass Sie die Tote gestern Abend in der Disko nicht gesehen haben?«

»Sie haben es gerafft.«

Nervös fuchtelte King mit seinen Pranken durch die Luft.

»Kann ich jetzt gehen, ich habe noch einiges zu tun und hier ist ja heute tote Hose.«

Mit Blick auf den Chef vom Seeblick, der resigniert die Schultern hob, wandte Kathrin Hansen sich an ihren Stellvertreter Friedrichs und meinte, dass King gehen könnte, sich aber zur weiteren Verfügung halten müsste.

»Ihre persönlichen Daten geben Sie meinem Kollegen«, sagte sie noch zu King und gab dann Karsten Lenz ein Zeichen, sich mit ihr zurückzuziehen.

2. KAPITEL

Es war Kriminalrat Dr. Heidkamp deutlich anzusehen, dass er stinksauer war. Kathrin Hansen wusste, dass er an einem Golfturnier auf der Insel teilnehmen wollte und nun hatten sie eine unbekannte Tote. Nun musste er sich mit einem anderen Handicap herumschlagen.

»Also, was haben wir?«, knurrte Heidkamp und blickte verkniffen in die Runde.

»Hansen, schießen Sie los.«

Kathrin Hansen gab sich einen Ruck und schob die Videokassette, die vor ihr lag, in die Mitte des Tisches.

»Hier sind die Aufnahmen der Kameras aus der Disko vom gestrigen Abend. Unsere nächsten Stunden gehören der Unterhaltungsbranche. Die Kameras in der Disko sind so installiert, dass sie jeden Winkel im Fokus haben, also müsste unsere Tote aufgezeichnet worden sein.«

»Hoffentlich auch, wer ihr den tödlichen Stoff verabreicht hat«, warf Maike Jansen ein.

»Wenn es denn tödlicher Stoff war«, sinnierte Heidkamp. Nervös blickte er auf die Uhrzeit auf seinem Handy, als der Name der Pathologin im Display erschien.

»Sonja Klaes, die kommt gerade richtig«, meinte er erleichtert und drückte die Taste vom Lautsprecher.

»Ihr habt einen Mordfall«, hörten sie die rauchige Stimme der Pathologin.

»Die Frau starb an einer tödlichen Droge, die Laboruntersuchungen werden uns hierzu mehr sagen. Auf jeden Fall war es kein üblicher Dreck. Ich gehe sogar soweit und behaupte, dass es hochkarätige Chemie war. Chemie, die eigens zum Töten hergestellt wird.«

Kathrin Hansen spürte, wie es ihr eiskalt über den Rücken lief. Tödliche Chemie, sie wusste, was Sonja Klaes damit sagen wollte.

»Sonja, du meinst Killer Droge?«

»Genau.

Eine mit Zeitfaktor.«

»Zeitfaktor bedeutet was genau?«, hakte Heidkamp nach.

»Das bedeutet, dass innerhalb einer engen Toleranz feststeht, in welcher Zeit das Opfer stirbt, nachdem es die Droge geschluckt hat.

Eine kleine Abweichung ist je nach körperlicher Verfassung natürlich drin.

Doch die ist marginal.«

»Das heißt«, überlegte Kathrin Hansen laut, »dass man sicher gehen will, dass das Opfer nicht noch groß etwas unternehmen kann.«

»Genau so ist es.«

»Klaes, was setzen Sie ab der Einnahme der Droge bis zum Eintreten des Todes für ein Zeitfenster?«, wollte Heidkamp wissen.

»Wie gesagt, ich muss erst das genaue Analysenergebnis vorliegen haben, aber gehen Sie von bis zu etwa dreißig Minuten aus. In dieser Zeit bemerkt das Opfer, wie es ihm schlecht wird, wie die Konzentration nachlässt und das Sprechen immer schwerer fällt. Es folgen Schwindelanfälle und der Denkprozess baut nach und nach ab. Im Allgemeinen entsteht der Wunsch, sich irgendwohin zu flüchten, bis das Down Gefühl vorbei ist.«

»Zum Beispiel auf die Toilette«, entfuhr es Friedrichs, und er hatte plötzlich das Bedürfnis in die nächste Ecke zu kotzen.

»In diesem Fall war es garantiert so«, stellte Sonja Klaes sachlich fest.

»Na, wunderbar, wenn das auf der Insel mit den Morden so weiter geht, können wir hier den nächsten Tatort drehen«, meinte Heidkamp trocken. »Potential scheint ja ausreichend da zu sein.«

Als tiefgreifende Bestätigung seines Statements schlürfte er anschließend seinen Tee mit einer Intensität, dass Maike Jansen die Augen verdrehte und an ihre stilvolle Erziehung dachte. Ihre distinguierte Mutter hätte bei diesem Geschlürfe vor Entsetzen aufgeschrien.

Seit zwei Stunden sahen sich Maike Jansen und ihr Kollege Friedrichs das Video aus der Disko an. Laut der digital eingeblendeten Zeit war es in der Disko kurz vor Mitternacht und so langsam verließen die Besucher nach und nach das Lokal. Von dem angespannten Hinsehen hatte Maike Jansen bereits Kopfschmerzen, während Friedrichs sich belustigt ansah, wie eine schrille Ausgabe seiner Gattung sich an eine Blondine heranmachte.

»Maike, guck mal, wie viele Ringe der Typ an seinen Fingern hat und die Haare sind garantiert gefärbt. Dann die bunten Klamotten, der sieht doch einfach nur doof aus.«

»Tja, Olli, es gibt Frauen, denen gefällt das«, grinste Maike Jansen. »Aber sieh mal, jetzt wird es interessant.« Friedrichs ließ das Video langsamer ablaufen und sie sahen, wie drei

Männer und eine lachende Frau in die Disko kamen.

»Da kommt unsere Tote«, sagte Maike Jansen aufgeregt und als sie daran dachte, dass diese junge Frau kurz darauf sterben würde, bekam sie feuchte Augen.

»Olli, sie ist doch so gut drauf und freut sich ihres Lebens«, stöhnte sie. Sie sahen, wie der älteste der Männer seinen Arm um ihre Schulter legte und sich mit ihr in Richtung Bar schob. Seine beiden Begleiter wichen nicht von seiner Seite und Maike Jansen wurde schlagartig klar, dass sie den Mann abschirmten.

»Scheiße, Olli, die beiden dort sind Bodyguards«, meinte sie. »Jetzt haben wir es mit richtig fetten Typen zu tun.«

Sie sahen, wie die vier Personen sich an der Kopfseite der Bar breitmachten, wobei sie zwei Jugendliche von ihren Hockern scheuchten. Erst sah es so aus, als wollten die beiden protestieren, bekamen dann etwas zugesteckt und verschwanden wortlos in der Versenkung.

»Maike, merke dir die beiden Jungs«, meinte Friedrichs, »wir müssen wissen, was man ihnen gegeben hat. Vielleicht war es Kohle, könnte aber auch was anderes gewesen sein.« Von dem Barmann ließ sich der Begleiter der Frau einige

Flaschen zeigen und entschied sich für Champagner.

»Geld scheint bei dem Mann keine Rolle zu spielen«, meinte Friedrichs und staunte, wie das Trio das edle Getränk wie Wasser in sich hinein kippte. Zunehmend wurde die Stimmung gelöster und es war deutlich zu sehen, wie der Boss der Männer sich an die Frau heran machte. Auf eine charmante Art umgarnte er sie und rückte ihr mehr und mehr auf die Pelle. Konzentriert beobachtete Maike Jansen das Verhalten der jungen Frau und sie musste sich schwer täuschen, wenn dieser die Anmache nicht langsam auf die Nerven ging. Auf Abwehr ausgerichtet, bog sie den Rücken kerzengerade durch, um Abstand zu dem Mann zu halten. Als er seine Hand auf ihr Knie legte und sie weiter hoch gleiten ließ, drehte sie sich abrupt zur Seite und nahm einen Schluck aus ihrem Glas. Auf der Hochschule war Maike Jansen in Verhaltenspsychologie eine der Besten gewesen und konnte aus der Körpersprache des Mannes lesen wie in einem Buch.

»Olli, der Typ ist über die Zurückweisung stinksauer. Er ist es nicht gewohnt, dass man ihn abblitzen lässt und tut sich schwer, ruhig zu bleiben. Alles an ihm signalisiert Wut und Gewaltbereitschaft, er ist gefährlich.«

Mit ärgerlicher Geste winkte der Mann den Barmann zu sich und bestellte eine weitere Flasche Champagner.

»Mein Gott noch, die saufen ja ganz schön was weg«, meinte Friedrichs. »Der Typ muss mächtig Kohle haben.«

»Vor allen Dingen ist er ein ganz großes Schwein«, kommentierte Maike Jansen. »Es ist doch offensichtlich, dass er die Frau betrunken machen will.« Sie bemerkten, wie die anfänglich so strahlend gut gelaunte Frau sich immer mehr zurück zog und weitere Getränke energisch ablehnte. »Das kann nicht gut gehen«, urteilte Maike Jansen. »Spätestens jetzt hätte sie sich verdünnisieren müssen.«

»Hier«, Friedrichs stoppte das Video, ließ es ein Stück zurück laufen und zeigte auf einen der Bodyguards. »Achte mal darauf, wie sein Boss ihm was zuflüstert, und zwar so, dass die Frau es nicht mitbekommen kann.« Jetzt nahm auch Maike Jansen die Szene richtig wahr und sie beschlich ein beängstigendes Gefühl. Das, was da ablief, war alles andere als harmlos.

»Olli, kannst du noch näher heran zoomen«, meinte sie, »ich will die Gesichter der Typen erkennen können.«

»Nein, geht nicht, die Qualität der Aufzeichnung ist granatenschlecht. Zu kleine

Auflösung. Schade, aber guck dir das an, jetzt geht es so richtig zur Sache.«

Offensichtlich widerwillig ließ sich die Frau von ihrem Begleiter auf die Tanzfläche ziehen und auf einen Wink des Mannes legte der DJ eine so richtig flache Schmuseschnulze auf.

»Olli, ich wette um ein Krabbenbrötchen, dass der Typ kein Deutscher ist. Ich tippe auf einen stinkreichen Osteuropäer. Einer, der es versteht, charmant zu sein, zumindest bis zu dem Punkt, wo er umschaltet. Umschaltet, wo nur noch das gemacht werden muss, was er will.«

Auf der Tanzfläche zogen sich die wenigen Paare nach und nach zurück. Anscheinend hatten sie bemerkt, dass Unstimmigkeit in der Luft lag und wollten nicht mit hineingezogen werden. Rücksichtslos presste der Mann seine Tanzpartnerin wie eine Puppe an sich und mit hölzernen Beinen tappten sie eng umschlungen zur Musik hin und her. Dann ließ er sie plötzlich los, lächelte sie an und verbeugte sich vor ihr. Galant bot er ihr seinen Arm, in dem sie sich nach kurzem Zögern einhängte.

»Ich glaube, ich bin im verkehrten Film«, meinte Friedrichs. »Was geht denn hier vor sich?« Bedrückt ahnte Maike Jansen, wie es weiter gehen würde. Die Unbekannte hatte die

Chance, sich absetzen zu können, endgültig verpasst.

»Olli, die Frau hat die Gefahr nicht erkannt. »Die ist jetzt schon so gut wie tot.«

An der Bar verhielt sich der Begleiter der Frau ihr gegenüber betont aufmerksam, blickte nach einer Weile auf seine Uhr, zeigte auf den Ausgang und gab dem Barmann ein Zeichen, dass er nochmals nachschenken sollte.

»Er gibt ihr zu verstehen, dass er noch eine Abschlussrunde gibt und dann gehen möchte«, kommentierte Friedrichs die Szene.

»Finte, Olli, das ist eine Finte, um seine Begleiterin in Sicherheit zu wiegen, da kommt noch was.«

Sie sahen, wie der Barmann die Gläser nachfüllte und der Boss der Truppe lachend mit allen anstieß. Eine Weile war noch eine schleppende Unterhaltung im Gange, bis die junge Frau in ihrem Verhalten zunehmend fahriger wurde. Sie schien offensichtlich Probleme zu haben, sich konzentrieren zu können. Immer öfter fuhr sie mit der Hand über die Augen, als ob sie dann klarer sehen würde und steuerte schließlich unsicher die Toilette an.

»Mein Gott noch, Olli, sie durchlebt die letzten Minuten ihres Lebens. Und sieh mal, die drei Typen sehen ihr ungerührt nach, obwohl sie wissen, dass die Frau in den Tod geht.

Olli, das sind Killer. Ungeheuer.«

In der nächsten Viertelstunde blickten die Männer mehrmals demonstrativ auf die Uhr, wibbelten unruhig hin und her, blickten zum Toilettenbereich, bis schließlich der Boss einige Worte mit dem Barmann wechselte und kurz darauf die Rechnung bekam.

»Denen ist bewusst, dass es Kameras gibt«, sagte Maike Jansen. »Die ziehen eine Show ab. Eine Nummer, die bezeugen soll, dass die Frau sich verdrückt und ihre Begleitung sitzen gelassen hat.«

Maike Jansen hatte kaum ausgesprochen, als das Trio sich auch schon von dem Mann hinter der Bar verabschiedete und augenscheinlich verärgert die Disko verließ.

3. KAPITEL

Als Oberkommissar Friedrichs die relevanten Details des Videos vorgeführt hatte, blieb es eine Weile ruhig in der Runde. Er und Maike Jansen bemerkten, wie es in den Köpfen ihrer Kollegen arbeitete. Sie mussten verinnerlichen, dass auf ihrer Insel eine junge lebenslustige Frau skrupellos getötet wurde. Eine junge Frau, die nichts Schlimmeres gemacht hatte, als sich einem arroganten, eingebildeten Arschloch zu widersetzen. Die sein Ego getroffen hatte. Ava Sari sah man an, dass sie nahe daran war loszuheulen und Kathrin Hansen hatte mit versteinerter Miene den Ausführungen ihres Stellvertreters zugehört. Maike Jansen ahnte, was in ihr vorging und dass die Hauptkommissarin nicht eher ruhen würde, bis die Täter gefasst waren.

»So einfach ist das nicht«, äußerte sich schließlich Kriminalrat Heidkamp und Maike

Jansen fragte sich, was er damit genau meinte. Ernst blickte Heidkamp in die Gesichter seiner Leute.

»Das, was wir auf dem Video gesehen haben, lässt zwar darauf schließen, dass die drei Männer für den Tod der Frau verantwortlich sind, doch beweisen können wir nichts. In den Szenen des Videos sieht es so aus, als ob der Boss des Trios sich an die Frau heran macht, sie massiv bedrängt, aber mehr auch nicht. In keiner Sequenz ist zu sehen, dass einer der Männer ihr etwas ins Glas kippt oder dass sie gezwungen wurde was zu schlucken. Auch eine versteckt gesetzte Injektion ist nicht drin, denn so etwas geht nicht gefühllos ab und die Frau hätte darauf reagiert.«

»Vielleicht hat der Mann hinter der Bar ja was bemerkt«, meinte Kathrin Hansen. »Ihn und den DJ treffe ich gleich im Seeblick.«

»Gut.«

Mit Blick auf die Uhr schlürfte Heidkamp seinen Tee.

»Wie sieht es mit der Identität der Toten aus?«

»Wir sind dran«, antwortete Kathrin Hansen. »Da wir davon ausgehen, dass die Frau ein Feriengast war und von wer weiß woher gekommen ist, haben wir ihr Foto an das Bundeskriminalamt geschickt. Wenn nötig, wird

Europol involviert und vielleicht haben wir ja trotz des Wochenendes Glück und bekommen ein Ergebnis.«

»Okay.«

Geräuschvoll stellte Heidkamp seine Tasse ab und blickte unruhig wieder auf die Uhr. »Bis wir den Bericht der Pathologin und Kriminaltechnik haben, wird es etwas dauern. Aber bis dahin können wir die Hotels und Restaurants abklappern, ob die Frau und die Männer bekannt sind. Zeigt die Fotos, aber ohne zu sagen, was wirklich vorgefallen ist.« Heidkamp blickte zu Friedrichs hin.

»Bekommen Sie das hin, von den Personen auf dem Video einigermaßen passable Fotos auszudrucken?«

»Ich mache, was ich kann, und schicke auch eine Kopie des Videos nach Osnabrück zu unserer IT Technik. Die Jungs dort können mit Sicherheit mehr herausholen.«

Fragend blickte Heidkamp Kathrin Hansen an und als sie mit dem Kopf schüttelte, stand er abrupt auf, nahm sein Handy und meinte, er müsste sich beeilen, in einer Stunde wäre an Tee 1 sein Abschlag.

»Wenn es brennen sollte, bin ich jederzeit erreichbar«, meinte er noch beim Hinausgehen.

»Na, toll«, maulte Maike Jansen, »der geht Golfen und wir können uns die Hacken ablaufen.«

»Soweit sind wir noch nicht«, bestimmte Kathrin Hansen. »Bevor wir die Hoteliers und Kneipenwirte neugierig machen, will ich erst mit dem Barkeeper und dem DJ reden. Möglicherweise kriegen wir einen Tipp, wo wir bei der Suche nach den Männern und der Frau einhaken können. Olli und Ava, ihr könnt in der Zeit versuchen, verwendbare Fotoausdrucke von dem Video zu zaubern. Maike, du kommst mit mir.«

Kathrin Hansen blickte auf die Uhr und sah, dass sie sich beeilen musste, sie käme sonst zu spät zum Seeblick. Und den beiden Jungs einen Grund liefern, sich verdünnisieren zu können, war das Letzte, was sie wollte.

»Also, bis in etwa einer Stunde«, sagte sie und verließ mit Maike Jansen die Dienststelle.

Hatte Kathrin Hansen den DJ Siggi King als Kotzbrocken eingestuft, so machte der Mann, der in der Disko abends hinter der Bar stand, einen passablen Eindruck. Wie ihr bereits im Video aufgefallen war ging er auf die Leute zu, war umgänglich und sah dazu noch gut aus. Wenn er auch nicht wie an dem Diskoabend schwarz gekleidet war, machten seine Jeans und sein Polo einen gepflegten, ordentlichen Eindruck. Sein Blick war klar und geradeaus, Kathrin Hansen schätzte ihn als solide und zuverlässig ein.

Jan Harms begrüßte sie freundlich, während King mühsam ein »Moin« herausquetschte. Nun, aufgrund des Videos konnte er nicht mehr so tun, als hätte er die junge Frau und das Trio in der Disko nicht bemerkt. Konnte keinen mehr auf doof machen, doch erst einmal wollte sie ihn links liegen lassen, er sollte schmoren.

»Schön, dass Sie beide kommen konnten«, stieg Kathrin Hansen in das Gespräch ein. Forschend blickte sie Jan Harms an.

»Sie wissen, was geschehen ist?«

Bedrückt nickte Harms.

»Ich kann es noch gar nicht fassen. Die Frau war doch so gut drauf und machte überhaupt nicht den Eindruck, dass sie krank war.«

Das mit dem krank ließ Kathrin Hansen erst einmal so stehen. Glaubte allerdings, bei King ein verstohlenes Grinsen zu bemerken.

»Sie glauben, die Frau war krank?

Können Sie sich wirklich vorstellen, dass eine so gesund wirkende, quicklebendige Frau, die vorher noch getanzt hat, auf die Toilette geht um dort auf Grund einer Krankheit zu sterben?«, fragte sie.

»Hätte sie nicht eher nach einem Arzt gerufen?«

Nachdenklich blickte Harms sie an.

»Sie haben recht, das Verhalten von ihr war schon ungewöhnlich.«

»Okay, dann erzählen Sie doch einfach mal, wie die Frau sich so verhalten hat.«

Ziemlich genau wiederholte Harms, was bereits vom Video her bekannt war. Er kannte die Frau nicht und meinte, dass sie das erste Mal in der Disko gewesen sei.

»Dagegen habe ich die drei Männer früher schon mal gesehen. Muss an einem Samstagabend gewesen sein. Sie waren in Begleitung mehrerer Damen. Ich kann mich noch gut daran erinnern, dass sie einen ordentlichen Umsatz gemacht haben.«

»Und Sie haben keine Ahnung, wer die Männer sind? Haben nichts aufgeschnappt, was uns helfen könnte, sie zu finden?«, bohrte Kathrin Hansen sein Gedächtnis an.

»Sie zu finden?«

Ihm schien zu dämmern, dass etwas nicht stimmte.

»Glauben Sie, dass die Männer mit dem Tod der Frau etwas zu tun haben könnten?«

»Ich glaube gar nichts, aber da die Unbekannte, bevor sie gestorben ist, mit ihnen zusammen war, müssen wir wissen, wer diese Leute sind. Die müssten uns mehr über die Frau erzählen können. Aber nochmal: Ihnen ist nichts an den Männern aufgefallen, nicht der kleinste Hinweis, von wo sie kamen? Wo sie hier auf der Insel wohnen? Die müssen sich doch über etwas unterhalten haben. Und dann sind da noch die zwei Jungs, die an der Bar saßen und etwas eingesackt haben, damit sie ihre Plätze räumten. Mein Gott noch Harms, Sie sind doch nicht taub, Sie müssen doch was mitgekriegt haben.«

Mit gerunzelter Stirn blickte Harms sie an und nickte schließlich.

»Okay, aber es ist bei uns nun mal nicht üblich, dass wir unsere Gäste zitieren. Aber gut, die beiden Jungs waren in den letzten zwei Wochen öfters in der Disko. Kai und Torsten, schwule Urlauber, die auf Bekanntschaften aus waren. Soweit ich es mitbekommen habe, ist allerdings nichts gelaufen, also nicht in der Disko. Und nein, mehr weiß ich nicht über sie.«

»Und was die von den Männern zugesteckt bekommen haben, damit sie die Plätze an der Bar räumten, haben Sie auch nicht zufällig mitbekommen?«

»Nein, es war viel los an dem Abend und ich hatte alle Hände voll zu tun. Aber halt«, er schlug sich mit der Hand gegen die Stirn. »Klar, da fällt mir doch was ein. Der Gast, der alles bezahlt hat, war nicht gut auf die Inselverwaltung zu sprechen. Er hat sich mit seiner Begleiterin darüber unterhalten, dass er sauer sei, weil er keine Genehmigung bekäme, an seinem Ferienhaus einen Pool anzulegen. Aber er würde das schon hinkriegen, meinte er, das nächste Mal, wenn sie mit auf die Insel käme, würde er ihr zu Ehren eine Poolparty geben.«

»Und, wie war die Reaktion der Frau?«

»Also nicht so unbedingt begeistert. Ich hatte den Eindruck, dass ihr das aufdringliche Verhalten des Mannes auf die Nerven ging. Meiner Meinung nach war sie keine Frau, die sich schnell an einen Typen dranhängt.«

»Ist Ihnen an der Sprache der Personen was aufgefallen?«, warf Maike Jansen ein. »Ich hatte auf dem Video den Eindruck, dass die Männer Osteuropäer sein könnten.«

»Stimmt, sie sprachen mit Akzent, aber die Frau war eine Deutsche. Auf jeden Fall hatten die Typen richtig Kohle. Der teuerste Champagner, den ich hatte, war ihnen gerade gut genug. Und ein Trinkgeld von hundert Euro bekommt man auch nicht jeden Tag.«

Harms sah zu seinem Kollegen hin.

»Siggi, du kannst doch auch was dazu sagen, du hast von denen doch auch einen Schein kassiert.«

Wütend starrte ihn King an und quetschte schließlich heraus, dass einer der Männer ihm zwanzig Euro gegeben hätte, damit er eine Schnulze auflegen sollte.

»Das ist alles, mehr weiß ich nicht.«

Verwundert sah Harms ihn an.

»Aber ich habe doch gesehen, wie du dich mit dem Typ, der dir die Kohle gegeben hat, unterhalten hast. Da muss es doch um was gegangen sein.«

Es war nicht zu übersehen, King hätte ihm am liebsten eine reingehauen und für Kathrin Hansen war klar, das Harms von ihm noch einiges zu hören bekommen würde. So langsam aber wurde sie stinksauer. Hier ging es um einen noch ungeklärten Mordfall und so ein Idiot wie King mauerte. Mauerte, weil das anscheinend seine Lebensphilosophie war. Sie musste ihm anders kommen.

»Okay, King, da Sie anscheinend Zeit brauchen, um sich erinnern zu können, kommen Sie am Montagmorgen, acht Uhr, auf meine Dienststelle. Bis dahin dürfte Ihnen wieder alles eingefallen sein.«

»He, so geht das nicht«, motzte King.

»Montagmorgen bin ich auf Achse, ich habe eine Fuhre nach Bremen.«

Kathrin Hansen trat so nahe an ihn heran, wie seine Ausdünstungen es zuließen.

»Hier geht es um einen ungeklärten Todesfall, wenn Sie nicht erscheinen, lasse ich nach Ihnen fahnden.«

Kalt blickte sie ihm in die Augen.

»Von dem Moment an gelten Sie als Verdächtiger und egal, wo Sie gerade auf dem Scheißhaus sitzen, wird man Sie einkassieren. Ich hoffe, das haben Sie kapiert.«

Unsicher spinkste King zu Harms hin.

»Ich und verdächtigt, das ist ja wohl Kacke. Harms hat doch auch Kohle angenommen, das ist ja wohl nicht verboten.«

Genervt verdrehte Kathrin Hansen die Augen. Der Mann hatte anscheinend immer noch nicht begriffen, um was es ging.

»Verdammt, King, hier geht es nicht um die paar Kröten, die Sie bekommen haben, ich will wissen, was der Fremde zu Ihnen gesagt hat. Und das plötzlich, ich habe nicht den ganzen Tag Zeit.«

King fummelte an seiner Nase herum und zuckte schließlich mit den Schultern.

»Okay, okay, ist ja schon gut. Also, der Typ meinte, die Frau wäre eine Zicke, sie würde nur Ärger machen. Und dass sein Boss mächtig sauer wäre, er hätte sie nicht mit auf die Insel geschleppt, damit sie hier einen auf unnahbar macht.«

Abwehrend hob King die Hände.

»Das war es. Der Mann hat mir die Mäuse gegeben und ist dann abgerauscht.«

»Das war es«, wollte Kathrin Hansen so nicht abhaken. Deshalb hätte King sich nicht gewunden wie ein Wurm, da musste mehr sein. Etwas, das ihn selbst betraf, das nicht sauber war. Verstohlen musterte sie die Tätowierungen auf seinen Armen, sah genauer hin und bemerkte, dass einige Punktierungen nicht vom Durchstechen der Haut sein konnten. Schlagartig wurde ihr klar, dass King ein Problem hatte.

Der Mann war ein Junkie.

Drogensüchtig.

Sie sah die junge Frau vor Augen, stellte sich vor, wie sie sich zur Toilette geschleppt hatte, wie verzweifelt und einsam sie auf dem Klo krepiert war. Und King, der mit Sicherheit ein Auge dafür hatte, was mit ihr los gewesen war, wollte nichts mitbekommen haben. Von Hilfeleistung ganz zu schweigen. Mit Mühe konnte Kathrin Hansen ihre Wut unterdrücken, aber ihr war klar, beim Thema Drogen würde King dichtmachen.

»Wie lange bleiben Sie auf der Insel?«, fragte sie ihn.

»Montagmorgen, erste Fähre. Mein Truck steht in Esens.«

»Gut, bis dahin hören Sie noch von mir.«

Damit drehte sie sich um und sagte zu Maike Jansen, dass sie gehen müssten, Friedrichs und Ava würden auf sie warten.

4. KAPITEL

»Zwar keine Kunstwerke, aber ich denke, man kann die Personen gut erkennen«, meinte Friedrichs zufrieden und reichte Kathrin Hansen die Fotoausdrucke. Intensiv musterte sie die drei abgebildeten Männer und ein unangenehmes Gefühl beschlich sie. Selbst in der lockeren Atmosphäre der Disko war an ihrer Haltung die Gewaltbereitschaft zu erkennen. Sie konnte sich vorstellen, dass diese Fremden alles, was ihnen nicht passte, gnadenlos aus dem Weg räumten.

»Olli, kannst du die Bilder per Mail versenden?«, wollte sie wissen.

»Klar, die sind schon an Kriminalrat Heidkamp und an das Bundeskriminalamt gegangen.«

»Okay, dann bleibt uns jetzt die Fußarbeit. Wir müssen heraus kriegen, wo der Boss des Trios sein Ferienhaus hat, dann werden wir auch Näheres über die Tote erfahren. Laut Aussage von dem DJ wurde die Frau von dem Mann nach Langeoog eingeladen. Heißt, die sind garantiert zusammen angereist. Apropos DJ, Olli, du wirst dir heute einen so richtig schönen Abend in der Disko machen«, grinste sie und klärte die verdutzten Kollegen über ihren Verdacht, das King drogenabhängig sein könnte, auf. Bedauernd blieb ihr Blick an Maike Jansen hängen.

»Maike, tut mir Leid, aber dich hat King noch zu gut in Erinnerung, wenn du Olli begleiten würdest, könnte der Mann Lunte riechen.« Bevor sie weiter darauf eingehen konnte, meldete sich ihr Handy.

»Heidkamp hier. Wenn ich Ihnen sage, mit wem ich im Flight Golf spiele, glauben Sie es nicht«, hörte sie ihn gut aufgelegt sagen.

»Stellen Sie sich vor, Lucas Tolski ist mein Zähler.«

»Aha«, äußerte sich Kathrin Hansen und verstand nur Bahnhof.

»Einer der Männer auf dem Foto!«

Elektrisiert starrte Kathrin Hansen zu Friedrichs hin.

»Sie meinen das Foto, das Ihnen Friedrichs eben gemailt hat?«

»Genau das. Tolski ist der Boss des Trios, und er spielt verdammt gut Golf. Er behauptet, in St.

Petersburg hätte er mehrere Golfplätze. Der Mann stinkt vor Geld.«

Kathrin Hansen war baff. Ein solcher Zufall war kaum zu glauben. Sie gab Friedrichs ein Zeichen, dass er den Lautsprecher aktivieren sollte.

»Und, was macht der Mann für einen Eindruck auf Sie?«, fragte sie angespannt.

»Später, wir müssen Schluss machen, meine Mitspieler warten schon. Ich melde mich bei Ihnen und bis dahin unternehmen Sie nichts, was Lucas Tolski betreffen könnte.«

Dann kam nichts mehr.

Entgeistert sahen sich Kathrin Hansen und ihre Leute an. Maike Jansen ließ sich auf einen Stuhl plumpsen und Ava Sari meinte, sie würde jetzt erst einmal für alle einen ordentlichen Tee aufgießen.

»Ich glaube es nicht«, stöhnte Maike Jansen.

»Unser Kriminalrat geht Golfen und lernt dabei so nebenher den Mann kennen, den wir wie eine Nadel im Heuhaufen suchen. Und wie ich Heidkamp kenne, wird der uns so einiges brühwarm über ihn erzählen können.«

»Na, das ist doch klasse«, meinte Friedrichs, »damit bleibt uns jede Menge an Lauferei erspart.«

Nachdenklich blickte Kathrin Hansen auf die Uhr, rechnete kurz nach und blickte zufrieden in die Runde.

»Genau, Olli hat recht. Ohne unsere Hintern in Bewegung setzen zu müssen, wissen wir in spätesten drei Stunden, was das für ein Mann ist und wo der hier auf Langeoog sein Haus hat. Und mich würde es nicht wundern, wenn Heidkamp auch noch aus ihm heraus kitzeln würde, was es mit seiner Begleiterin auf sich hatte. Von daher macht ihr jetzt erst einmal Schluss, ich werde später mit Heidkamp reden. Ob wir danach noch etwas unternehmen müssen, hängt dann von ihm ab.«

Damit verließ Kathrin Hansen die Dienststelle und war mit ihren Gedanken schon bei Hindrik. Wenn schon ihre Tour zur Meierei vermasselt war, würde sie sich mit ihm wenigstens noch eine Stunde am Strand gönnen. Und sollte sich Heidkamp nicht mehr mit ihr treffen wollen, wäre ein Absacker im Seeblick auch noch drin.

Entlang der Wasserlinie durch die auslaufenden Wellen zu waten, war ein herrliches Gefühl. Nach dem ereignisreichen Tag war das für Kathrin Hansen Wellness pur. Sie brauchte keine Beauty Farm mit dem ganzen Schnickschnack, sie fühlte sich am wohlsten, wenn die Wellen ihre Füße umspülten, sie tief die Seeluft einatmen konnte und die traumhafte Insellandschaft vor Augen hatte. Entspannt sah sie zu Hindrik hin, der sich ebenfalls von seinen dienstlichen Aufgaben hatte losreißen können und mit ihr Hand in Hand in Richtung Sportstrand lief.

»Bei dir im Erholungsheim alles okay?«, fragte sie und merkte an seiner entspannten Haltung, dass es eigentlich so sein müsste.

»Bestens, die Integrierung der syrischen Flüchtlinge klappt problemlos. Die jungen Menschen kommen schneller und besser zurecht, als ich es für möglich gehalten hätte. Auch die Unterstützung aus Berlin mit den zugesagten Geldern ist perfekt gelaufen. Unser Haus hat zwar nun eine zusätzliche Belastung, aber wir profitieren auch davon. Alleine die längst fällige Renovierung der Gebäude hätten wir sonst nicht durchziehen können. Und natürlich gibt es uns ein gutes Gefühl, dass wir den jungen traumatisierten Menschen helfen können.«

»In welchem Alter sind die Jungen und Mädchen?«

»Zwischen zwölf und achtzehn Jahre. Und sie alle mussten sich ohne Begleitung durchschlagen. Ihre Familien wurden im Krieg getötet oder verschleppt. Ein solches Elend kann man sich ja alles gar nicht so richtig vorstellen.«

Bei Kathrin Hansen krampfte sich das Herz zusammen, sie stellte es sich unendlich traurig vor, als Kind oder Jugendlicher alleine, ohne Eltern, ohne Familie, auf der Flucht zu sein. Sie drückte fest die Hand von Hindrik und dachte, ob sie von ihrer Seite aus den Menschen etwas geben könnte, das ihnen den Einstieg in ihr neues Leben erleichtern würde. Für die war das hier doch eine total neue Welt. Sie überlegte eine Weile und kam zu einem Entschluss.

»Hindrik, was würdest du davon halten, wenn ich einmal die Woche zu euch ins Erholungsheim komme und den Neuankömmlingen etwas über das öffentliche Leben bei uns erzähle? Über das Verhalten im Verkehr, über die grundlegenden Rechte und Pflichten, die man so hat? Das würde ihnen beim Einstieg doch sicherlich helfen.«

Überrascht wandte sich Hindrik ihr zu und nahm sie in seine Arme.

»Das wäre echt super von dir. Ich hatte ja auch schon daran gedacht, aber du hast doch so schon genug um die Ohren. Ich wollte dich nicht noch zusätzlich belasten.«

»Quatsch, belasten, das schiebe ich locker dazwischen und betrachte es als Entspannung. Heißt, das würde auch mir gut tun.«

Hindrik gab ihr einen Kuss und meinte, die Jugendlichen würden es bestimmt super finden, es mit einer Hauptkommissarin zutun zu haben.

»Auch etwas, das sie erst lernen müssen. Bei denen in der Heimat dürfte das Verhältnis der Gesetzeshüter zur Bevölkerung extrem anders sein. Dein Erscheinen wird ihnen verstärkt Zutrauen für ihre Sicherheit bei uns geben.«

Am Sportstrand steuerten sie den Übergang zum Hospizpad an und Kathrin Hansen zeigte auf eine Bank.

»Setzen wir uns, ich möchte den wundervollen Abend noch etwas genießen.«

Und es war wirklich traumhaft schön. Eine angenehme Brise wehte vom Meer herüber, die Sonne erreichte langsam den Horizont und die einzelnen Spaziergänger am Strand sahen aus wie Gestalten in einem Scherenschnitt. Wieder einmal dachte Kathrin Hansen daran, dass sie es richtig gemacht hatte, als sie sich entschlossen hatte, ihr Leben auf Langeoog zu verbringen. Sie dachte an die Kollegen, die den Kopf geschüttelt hatten, als sie ihre erfolgreiche Karriere als Ermittlerin aufgegeben und das Inselleben vorgezogen hatte. Doch hier waren ihre

Wurzeln, auf dem Dünenfriedhof lagen ihre Großeltern begraben, von denen sie das wunderschöne Haus an der Höhenpromenade geerbt hatte. Und mittlerweile war sie auch bei der Bevölkerung angekommen. Für die Insulaner war sie die Enkelin vom alten Knut Hansen, der mit eigenem Kutter zum Krabbenfang rausgefahren ist. Damit war alles gesagt. Wohlig streckte sie die Beine aus und ergriff die Hand von ihrem Lebensgefährten.

»Mensch, Hindrik, was haben wir es gut, wir leben hier auf einer Insel des Glücks und des Friedens. Na ja, zugegeben«, setzte sie mit gerunzelter Stirn nach, »friedlich ist es derzeit nicht so unbedingt. Einige durchgeknallte Typen muss ich erst noch dingfest machen.«

»Wisst ihr schon, wer die tote Frau ist?«, äußerte sich Hindrik.

»Die Suchanfragen laufen noch, ich warte auf Ergebnisse. Aber wir wissen, mit wem sie zusammen in der Disko war. Stell dir vor, ausgerechnet ihr Begleiter spielte mit dem Kriminalrat im selben Flight Golf.

Ist doch irre, oder?«

Kathrin Hansen blickte auf die Uhr und runzelte die Stirn.

»Heidkamp könnte sich langsam auch mal melden, das Golfturnier ist doch schon lange zu

Ende und die Siegerehrung müsste auch vorbei sein.« Sie hatte es noch nicht ganz ausgesprochen, als ihr Handy brummte.

»Heidkamp hier. Im Hinblick des Mordopfers kann ich Ihnen nichts Neues sagen.«

An seiner quatschigen Stimme hörte Kathrin Hansen, dass es im Clubhaus feucht fröhlich zugegangen sein musste.

»Mein Gott noch«, stöhnte Heidkamp, »der Russe kann saufen wie ein Loch. Ehe ich aus dem etwas heraus bekommen habe, hatte der schon wer weiß wie viele Biere intus. Und wie ich schon sagte, der Mann heißt Lucas Tolski und kommt aus St. Petersburg. Ich tippe auf Oligarch. Gas, Öl und was weiß ich noch alles. Auf jeden Fall scheint er enorm reich zu sein und wenn er im großen Stil im kriminellen Geschäft tätig ist würde mich das auch nicht wundern. Hier im Golfclub protzt er mit seinem Ferienhaus am Kavalierpad. Mir hat er erzählt, dass ihn das Anwesen an die drei Millionen gekostet hat. Und er ist stinksauer, dass ihm die Inselverwaltung den Swimmingpool, den er außen anlegen will, nicht genehmigt hat. Aber er hätte bis jetzt noch immer alles bekommen, was er sich vorgenommen hat, und auch das würde er hinkriegen, meinte er. Ich glaube der Mann schreckt vor nichts zurück, um seinen Willen durchzusetzen.

Und ehe Sie fragen«, fuhr Heidkamp fort, »nein, zu der Toten kann ich nichts sagen. Ich habe Tolski im Hinblick weiblicher Begleitung angequatscht, doch da war nichts. Er verschloss sich wie eine Miesmuschel. Für einige Tage sei er mit Kumpels auf der Insel, mehr war aus ihm nicht herauszuholen.

Tut mir Leid.«

»War ja auch anders nicht zu erwarten«, meinte Kathrin Hansen. »Er wird nicht so blöd sein, die Frau zu erwähnen, die er auf seine Art entsorgt hat. In dem Zusammenhang gibt es übrigens noch einen Aspekt. Ich habe den Verdacht, das King, der DJ der Disko, drogenabhängig ist. Zumindest habe ich auf seinen Armen Einstichstellen gesehen. Und ich werde das Gefühl nicht los, dass er mehr weiß, als er sagt. Friedrichs schlägt sich deshalb die Nacht um die Ohren und observiert ihn.«

»Gute Idee«, kommentierte Heidkamp und Kathrin Hansen zuckte zusammen, als ein rituelles Geschlürfe ihr ins Ohr dröhnte.

»Aber jetzt machen wir für heute Schluss«, verkündete Heidkamp sichtlich entspannt. »Nehmen Sie ihren Hindrik und machen Sie sich einen schönen Abend.«

Ehe Kathrin Hansen noch etwas sagen konnte, war die Leitung tot.

»Der hat es ja manchmal echt drauf«, knurrte sie und sah Hindrik entschlossen an.

»So, dafür, dass ich heute unsere Tour zur Meierei vermasselt habe, gebe ich jetzt einen aus.«

5. KAPITEL

Frustriert sah Friedrichs auf die Uhr, nicht mehr lange, dann würde der Laden dichtmachen. Er war hundemüde und wollte nur noch ins Bett. Der Abend war sowieso für die Katz gewesen, King hatte stur seine Musik gemacht und mit keinem Kontakt gehabt. Und von den Männern, die am Abend zuvor mit dem Mordopfer in der Disko gewesen waren, hatte sich auch keiner blicken lassen. Friedrichs wollte gerade bezahlen, als er auf eine junge Frau aufmerksam wurde. Mitten im Gewusel tanzte sie selbstverloren auf der Tanzfläche und schien nichts um sich herum mitzukriegen. Ihr Gesicht war grell weiß geschminkt und die schwarzen, aufgemalten Augenschatten wurden von ihrem blutroten Mund noch übertrumpft. Er wunderte sich, dass er die auffallende Erscheinung bis jetzt nicht bemerkt hatte. Anstatt zu zahlen, bestellte er sich ein Bier und verfolgte gebannt die Bewegungen der Tänzerin, studierte das geschminkte Gesicht der abstrakten Schönheit und glotzte sie plötzlich ungläubig an. Elektrisiert sprang er auf, marschierte auf die Tanzfläche und fasste die Tänzerin am Arm.

»Maike, du bist das, ich glaube es nicht«, sagte er verdattert.

»Na, endlich, ich dachte schon, du würdest mich überhaupt nicht bemerken«, lachte Maike Jansen und tanzte ausgelassen um ihn herum. Friedrichs starrte sie immer noch ungläubig an. Maike in so einem Aufzug, das musste er erst einmal verdauen.

»Komm, wir verdrücken uns in eine Ecke, bis hier gleich Schluss ist«, meinte Maike Jansen, drückte sich an ihn heran und steuerte eine Nische an. Nachdem sie sich eine Cola bestellt hatte, blickte sie Friedrichs fragend an.

»Und, hattest du mit King Erfolg?«

»Nicht die Bohne. Der Typ kümmerte sich nur um seine Musik und hatte mit keinem Kontakt.«

»Wie hat er sich verhalten, ich meine im Hinblick auf Drogenkonsum? Hat er im Laufe des Abends abgebaut oder war er plötzlich euphorisch, als ob er sich was reingezogen hätte?« Noch ehe Friedrichs antworten konnte, fühlte er einen Stupser in seiner Seite.

»Guck mal unauffällig zum Eingang«, meinte Maike Jansen und drückte sich tiefer in die Nische hinein.

»Das ist doch einer der Bodyguards, die gestern mit ihrem Boss hier waren«, meinte Friedrichs. »Das ist der Mann, der sich mit King unterhalten hat.«

»Genau Olli, und ich wette, dass es doch noch spannend wird.« Sie beobachteten, wie der Mann sich an die Bar setzte und ein Bier bestellte. Und es war offensichtlich, auch King hatte ihn bemerkt und blickte hin und wieder unruhig zu ihm hin. Kaum hatte King das letzte Musikstück angekündigt, verschwand er in Richtung Toilette. Einen Moment später steuerte auch der Mann an der Bar darauf zu. Grinsend blickte Friedrichs seine Kollegin an und meinte, er müsste auch mal ganz dringend aufs Klo.

»Nein, Olli, du bleibst hier«, sagte Maike Jansen bestimmt. »Wenn da was läuft, werden die nicht so dämlich sein, das in deiner Gegenwart zu tun. Zudem könntest du erkannt werden, dann sind die Typen gewarnt. Wir warten ab und melden die Sache morgen früh Kathrin. Die wird entscheiden, wie es weitergeht.«

Kurz darauf kam der Bodyguard zurück, trank sein Bier aus und verließ die Disko.

»Ist doch klar, was da gelaufen ist«, knurrte Friedrichs. »Ich sollte King mit auf die Dienststelle nehmen und ihn auf Drogen testen.«

»Und dir ganz schönen Ärger einhandeln«, konterte Maike Jansen. »Wir haben keine Handhabung um ihn vernehmen oder scannen zu können. Im schlimmsten Falle liegen wir mit unserem Verdacht sogar völlig daneben.«

Gut gelaunt schwenkte am Sonntagmorgen auf der Dienststelle Kathrin Hansen eine ausgedruckte Mail in der Hand und blickte zuversichtlich in die Runde.

»Leute, Sonja Klaes hat es trotz Wochenende geschafft, weitere Ergebnisse der Laboranalyse zu bekommen«, bemerkte sie und pinnte den Ausdruck an die Wand.

»Also, die Tote ist durch eine synthetische Droge gestorben. Durch eine Droge, die um einiges stärker ist als Heroin. Vermischt mit Ko.-Tropfen wirkt sie in kürzester Zeit und führt unweigerlich zum Tode. Für ein tiefer gehendes Screening hat die Pathologin eine Probe zu einem Spezial Labor in Berlin geschickt.

Aber«, Kathrin Hansen runzelte die Stirn, »jetzt ist es an uns zu beweisen, dass es kein Selbstmord war. Dass die Frau sich das Dreckszeug nicht selbst verabreicht hat. Und das, meine Lieben, wird garantiert nicht einfach sein. Die Leute, mit denen wir es hier zu tun haben, sind professionelle Killer. Und wenn es so ist, dass sie aus St. Petersburg kommen, macht das die Sache auch nicht gerade leichter.«

»Aber wir haben das Video aus der Disko, das gibt uns doch die Möglichkeit, die Typen zu verhören«, meinte Friedrichs. »Und eine Hausdurchsuchung bei dem Oberbonzen müsste auch drin sein.«

Kopfschüttelnd trank Kathrin Hansen einen Schluck schwarzen Friesentee.

»Und was wäre das Ergebnis? Wir würden garantiert nichts finden, Tolski und seine Bodyguards wären gewarnt und würden die Insel verlassen. Würden sich unseren Ermittlungen entziehen. Nein, die dürfen nicht merken, dass wir sie auf dem Kicker haben.

Noch nicht.«

Kathrin Hansen zeigte auf das Foto der Toten.

»Wir müssen die Sache von hinten aufzäumen. Das heißt, wir fangen bei der Frau an. Fangen damit an, dass wir herausbekommen, wann, von wo und mit wem sie nach Langeoog gestartet ist. Hängt von Anfang an Tolski mit drin, werden wir ihn uns vornehmen.«

Kribbelig blickte Kathrin Hansen Ava Sari an und bat sie, die Eingänge der Mails nochmals zu checken.

»Vielleicht ist ja vom Bundeskriminalamt endlich die Identität der Toten eingegangen« meinte sie und goss sich reichlich Tee nach.

»Hellsehen kannst du also auch«, meinte Ava Sari einen Moment später und druckte die auf dem Monitor erschienene Mail aus.

»Vor zehn Minuten ist die eingegangen.«

Sie pinnte den Ausdruck mit dem Foto an die Wand und beim Anblick der jungen Frau breitete sich bedrücktes Schweigen aus. Die Gewissheit, dass sie, die ihr Leben noch vor sich hatte, nun in einem Kühlfach in der Pathologie lag, musste erst einmal verkraftet werden.

»Linda Soest, 24 Jahre alt, lebte in Köln«, las Ava Sari vor. »Seit zwei Jahren war sie dort in einer *Lingua Agentur* als Fremdsprachen Korrespondentin angestellt. Nicht vorbestraft, keine Drogendelikte, keine Punkte in Flensburg. Ihre Eltern leben ebenfalls in Köln, Geschwister hatte sie nicht.« Kathrin Hansen dachte an die Eltern der jungen Frau und ihr lief es eiskalt über den Rücken. Ihr einziges Kind tot, für sie würde eine Welt zusammen stürzen.

Nachdenklich blickte sie auf das Foto und überlegte, wie diese Frau an Tolski geraten sein könnte. An einen Typen, der augenscheinlich nur daran interessiert war, sie flach zu legen, dessen mieser Charakter ihr nicht lange verborgen geblieben sein konnte. Wenn sie tatsächlich mit ihm nach Langeoog gefahren war, musste das einen tieferen Grund gehabt haben.

Sie wandte sich Ava Sari zu.

»Ava, steht in der Mail, welche Sprachen Linda Soest gesprochen hat?«

Als Ava Sari den Kopf schüttelte, hämmerte Maike Jansen auf ihr iPad ein.

»Das haben wir gleich«, brummelte sie und googelte *Lingua Agentur*, Köln.

»Hier habe ich sie. Agentur für Übersetzungen, Lektorat, Korrespondenz. So, jetzt schaue ich mir mal die Mitarbeiter an und siehe da, hier haben wir Linda Soest.« Aufmerksam las Maike Jansen, was über den Tätigkeitsbereich von Linda Soest auf der Seite geschrieben stand und ließ ein »Bingo«, hören.

»An Fremdsprachen sprach sie außer englisch noch fließend russisch und spanisch«, informierte sie.

»Russisch, Leute, das ist es doch, die hat für den Russen gearbeitet.«

Kathrin Hansen atmete auf. Irgendwie war sie erleichtert, dass die junge Frau nicht wegen seines Geldes auf Tolski hereingefallen war, sondern sich wahrscheinlich dienstlich verpflichten musste. Und das wiederum gab ihnen die Möglichkeit, an den Mann heran zu kommen. Sie blickte auf die Uhr und entschied, den Kriminalrat anzurufen. Ob Sonntagmorgen hin oder her, sie brauchte seine Unterstützung. Entschlossen griff sie zum Telefon, betätigte die Lautsprechertaste und stellte die Verbindung her.

»Heidkamp«, meldete sich eine zerknautschte Stimme, dann dröhnte ein lautstarkes Getöse durch den Lautsprecher.

»Nicht das schon wieder«, stöhnte Maike Jansen und verdrehte die Augen. Unwillkürlich kam ihr in den Sinn, dass so ein Verhalten zuhause bei ihren Eltern unmöglich gewesen wäre. Sie sah, wie ihre Chefin warnend die Hand hob und auf das Mikro zeigte.

»Moin, wir haben die Identität der Toten«, begann Kathrin Hansen und informierte Heidkamp über den Inhalt der Mail. »Und wir brauchen Ihre Hilfe«, setzte sie nach.

»Okay, sagen Sie, was Sie unternehmen wollen und wie ich Ihnen helfen kann«, knatschte es bereitwillig zurück.

»Wir werden versuchen, mit der Kölner Agentur, in der Linda Soest gearbeitet hat,

Kontakt aufzunehmen. Es ist zwar Sonntag, aber vielleicht haben wir ja Glück. Erreichen wir den Inhaber, hängt das Weitere davon ab, was er uns für Fakten liefert. Sollte es so sein, dass Linda Soest für Tolski gearbeitet hat und quasi dienstlich mit ihm auf die Insel gekommen ist, werden wir ihm einen Besuch abstatten. Für ihn muss das logisch und unverdächtig sein. Was er uns dann auftischen wird wie ihm seine Begleiterin abhanden gekommen ist, darauf bin ich dann mal echt gespannt.«

»Nun ja, aber wir müssen damit rechnen, dass er trotzdem Lunte riecht und sich verdünnisiert«, gab Heidkamp zu bedenken. »Wenn der wirklich diese Linda Soest auf dem Gewissen hat, wird er zusehen, dass er in sein St. Petersburg kommt. Dort ist er für uns unerreichbar.«

»Bei begründetem Verdacht können wir ihn daran hindern, die Insel zu verlassen«, gab Kathrin Hansen zu bedenken. »Dann ist da noch sein Bodyguard, der unter dem Verdacht steht, in der Disko mit Drogen gedealt zu haben. Ihn und den DJ nehmen wir uns auch noch vor.« Schnell trank sie einen Schluck Tee, ehe sie mit Heidkamp darüber diskutieren wollte, ob es sinnvoll sei, schon jetzt Lucas Tolski über Europol checken zu lassen. Und wenn ja, ob Heidkamp das übernehmen würde. Nach einigem hin und her war der Kriminalrat schließlich dafür und versprach, sich auch um die Eltern von Linda Soest kümmern zu wollen. Sichtlich erleichtert atmete Kathrin Hansen auf, diese Pflicht hatte ihr schwer auf der Seele gelegen. Während ihrer Dienstzeit in Köln musste sie öfters Familienmitglieder über den Tod eines geliebten Menschen informieren, das tiefe Leid der Betroffenen hatte ihr dann jedes Mal lange zu schaffen gemacht.

Nach Beendigung des Gesprächs mit Heidkamp lehnte sie sich angespannt in ihrem Stuhl zurück und musterte mit gerunzelter Stirn die Runde. Überlegte, ob ihre Leute einem Tolski und seinen Bodyguards im Ernstfall gewachsen waren. Ob Maike Jansen, Friedrichs und letztlich auch Ava Sari in tödliche Gefahr geraten könnten. Sie dachte daran, dass beim letzten Fall Maike Jansen und Friedrichs nur knapp davon gekommen waren.

Ihre Überlegungen mussten ihr wohl im Gesicht gestanden haben, ihr Stellvertreter Friedrichs kam zu ihr und legte zuversichtlich einen Arm um ihre Schulter.

»He, Kathrin, mach dir nicht zu viele Gedanken, das packen wir schon«, meinte er. »Ist doch endlich mal eine Abwechslung auf unserer verschlafenen Insel«, schob er grinsend nach. Mehr in Gedanken verloren als überzeugt, nickte Kathrin Hansen, riss sich dann energisch zusammen und bat Ava Sari, sie mit der Lingua Agentur in Köln zu verbinden.

»Ava, versuche eine Ulrike Förster an die Strippe zu kriegen«, warf Maike Jansen ein, »laut Homepage ist sie die Chefin des Ladens.«

Es war dann weder was mit Chefin noch mit wem sonst in der Agentur, nur die Mobilbox bat mit freundlicher, weiblicher Stimme um eine Mitteilung. Am Montagmorgen würde man sich dann gerne melden. Bei dem Privatanschluss von Ulrike Förster das gleiche Spiel. Sie wäre erst Sonntagnachmittag wieder zu Hause, war die Ansage. »Aber dann bin ich für euch Lieben wieder ganz da«, meinte Förster abschließend mit angenehmer, fröhlicher Stimme. Wenn Kathrin Hansen sich auch nicht unbedingt als eine der Lieben von der Agenturchefin betrachtete, bat sie doch um sofortigen Rückruf.

»Und bis dahin genießen wir den Sonntag«, meinte sie anschließend zu den Kollegen. »Vorher können wir doch nichts unternehmen. Um sechzehn Uhr gebe ich hier einen Kaffee aus, danach geht es weiter.«
Da Hindrik es nicht anders wusste, als das sie erst abends nach Hause kommen würde und von daher kein Mittagessen geplant war, rief sie ihn

an und sie einigten sich auf kalte Küche. Sein Appetit tendierte zu Krabbenbrötchen, während sie eher zu Matjes neigte. Für ihre Nerven brauchte sie was Kräftiges, Salziges. Sie blickte auf die Uhr und schätzte, dass der Fischimbiss in der Barkhausenstrasse schon geöffnet haben müsste. Die Fischbrötchen dort wurden frisch gemacht und super lecker garniert. Von Tina, ihrer Freundin, die dort schon mal aushalf, wusste sie, dass die Ware fangfrisch war. Und sie war im Nu da. Das war auch so etwas, was sie an Langeoog schätzte. Egal wo sie hin musste, es lag alles in der Nähe, war in wenigen Minuten erreichbar. Kein Verkehrsstress, kein Stau oder nerviges Gehupe. Belustigt wich sie am Inselhaus einer Ferienoma mit Rollator aus. Obwohl es getrennte Fuß- und Radwege gab, steuerte die energische Person ihr mobiles Gefährt mitten auf dem Radweg auf die Höhenpromenade zu. Normalerweise hätte Kathrin Hansen angehalten und sie auf ihr Fehlverhalten aufmerksam gemacht, schon der Sicherheit wegen, aber jetzt hatte sie einfach keinen Nerv dazu.

Zu Hause angekommen, freute sie sich, das Hindrik auf der Terrasse bereits den Tisch gedeckt hatte. Sie drückte ihm einen Kuss auf die Backe und fragte, ob sie helfen könnte.

»Ist ja nichts zu machen, wir können direkt loslegen«, meinte er gut gelaunt. Er packte die Tüte aus, musterte heißhungrig die Fischbrötchen und verteilte den gemischten Salat, den es als Beilage gab, auf beide Teller. Dabei registrierte er die dunklen Ringe unter den Augen seiner Lebensgefährtin. Der Tod der jungen Frau schien ihr ziemlich nahe zu gehen.

»Wie lange kannst du bleiben?«, meinte er und hoffte, das eine Stunde Entspannung am Strand noch drin sein würde.

»Um sechzehn Uhr geht es weiter.«

Unruhig trommelte Kathrin Hansen mit den Fingern auf die Tischplatte.

»Ich habe das Gefühl, wir treten auf der Stelle, die Ermittlungen kommen nicht so richtig in die Gänge.«

»Wisst ihr mittlerweile, wer die Tote ist?«

Betrübt nickte Kathrin Hansen und erzählte beim Essen, was sie über Linda Soest wusste. Sie stellten sich vor, was für ein schönes Leben diese junge, gebildete Frau noch vor sich gehabt hätte. Bei Kathrin Hansen krampfte sich das Herz zusammen, sie starrte auf das Meer und erst das laute, fröhliche Gejauchze von Kindern, die im auflaufenden Wasser herum plantschten, riss sie in die Wirklichkeit zurück.

»Jetzt merke ich erst so richtig, wie gut ich bereits auf der Insel angekommen bin«, bemerkte sie zu Hindrik hin. »Früher bei meiner Ermittlertätigkeit hat es mich zwar auch jedes mal geschafft, wenn ich vor einem Menschen stand, der gewaltsam zu Tode gekommen ist, doch hier ist das anders. Hier habe ich das Gefühl, dass es mich persönlich trifft.«

Verständnisvoll blickte Hindrik sie an und drückte leicht ihre Hand.

»Das kommt vom Inselfeeling. Durch die abrupte Störung des Friedens, der hier auf Langeoog herrscht, wird emotional die Schrecklichkeit einer solchen Gewalttat noch gesteigert. Man wird herausgerissen aus der heilen Welt, wird konfrontiert mit den dunklen Seiten der menschlichen Seele.«

Kathrin Hansen nickte bedächtig.

»Genau Hindrik, heile Welt, das ist es, was mir zu schaffen macht. Ich denke an die vielen Familien, die hier auf die Insel kommen und sich eben dieser heilen Welt anvertrauen. Eltern, die den Problemen des Alltags entfliehen und ihre Kinder unbekümmert und sicher aufgehoben wissen wollen.

Und dann treiben sich hier Kriminelle herum.

Mörder, die mit nichts und gar nichts zu tun haben, die sich auch einmal an friedliche

Urlauber oder Inselbewohner heranmachen könnten. Stell dir vor, denen läuft eine umwerfend aussehende weibliche Ausgabe über den Weg, eine Frau, mit der sie unbedingt was anfangen wollen, glaubst du, die würden sich, nur weil sie ein Feriengast ist, zurückhalten?

Nein!

Wenn die Auserwählte dann nicht so will wie die geilen Typen, wird das Problem eben mit einer Killerdroge gelöst. Mit heiler Welt ist da nichts mehr.« Kathrin Hansen hatte sich in Rage geredet und Hindrik bemerkte die roten Flecken, die sich auf ihrem Gesicht abzeichneten.

»Kathrin, komm runter. Ein solches Szenario wird es nicht geben. Bestätigt sich im Hinblick der Männer euer Verdacht, werdet ihr sie festsetzen und es kehrt bei uns wieder Sicherheit und Ruhe ein.«

Gerne hätte Kathrin Hansen ihm zugestimmt, aber ein Gefühl sagte ihr, dass es so einfach nicht laufen würde. Doch eines wurde ihr klar, sie musste, wie sie es von früher her gewohnt war, die Ermittlungen emotionslos führen. Die Schändlichkeit dieses Verbrechens durfte nicht an ihr kleben bleiben, das würde sie sonst fertigmachen. Aber sie würde die Mörder von Linda Soest hinter Gitter bringen, das war sie ihr schuldig.

6. KAPITEL

Nach einer schönen Stunde mit Hindrik am Strand, sie hatten es sich in einem Strandkorb gemütlich gemacht und entspannt vor sich hin gedöst, ging es bereits auf sechzehn Uhr an. Für Kathrin Hansen wurde es Zeit, dass sie zur Dienststelle kam. Schnell fuhr sie noch an der Inselbäckerei vorbei, zum Kaffee wollte sie ein paar Teilchen spendieren. Gerade, als sie die Bäckerei verließ, traf sie Bent Maartens. Ein schon fast väterlicher Freund, der seit zwei Jahren mit seiner Frau auf der Insel lebte. Ab und an trafen sie sich auf ein Bierchen und klönten über Gott und die Welt. Maartens war Chef der Hamburger Mordkommission gewesen und seine Erfolgsquote war geradezu legendär. Aber wie das bei solchen Typen war, so ganz aufhören konnten die nie. Maartens war da keine Ausnahme, was Kathrin Hansen bei einem früheren Mordfall dann auch schamlos ausgenutzt hatte. Sein Netzwerk zu ehemaligen Kumpels funktionierte immer noch hervorragend und auf die Tour hatte sie manche schnelle Info bekommen. Inoffiziell, verstand sich. Im Auslegen der Dienstvorschriften hatten die alten Hasen ihre eigene Vorstellung.

Strahlend umarmte Maartens sie und zeigte auf die Tüte mit den Teilchen.

»Das bedeutet hoffentlich, dass Sie sich mit Hindrik einen schönen Nachmittag machen«, meinte er und Kathrin Hansen entging nicht sein besorgter Blick. Ihr beschissenes Aussehen war ihm bestimmt nicht entgangen. Lachend schüttelte sie den Kopf und meinte, dass sie sich mit ihren Leuten in der Dienststelle treffen würde.

»Die Tote in der Disko?

Sie haben mit Lucas Tolski zu tun?«

War ja klar, Maartens war bereits bestens informiert.

»Ihr Kumpel beim Bundeskriminalamt?«, warf sie grinsend den Ball zurück.

»Na ja, ich habe heute Morgen zufällig mit einem Bekannten dort telefoniert«, meinte Maartens etwas verlegen, »und dabei kam halt der Mord hier auf Langeoog zur Sprache.«

Ob dieses zufällig wirklich zufällig gewesen war, wollte Kathrin Hansen dahingestellt lassen, aber das Lucas Tolski bereits ein Thema war, ließ sie aufhorchen. Da musste mehr dahinter stecken. Sie fasste Maartens am Arm und zog ihn etwas vom Eingang der Bäckerei fort.

»Wie kommt man beim BKA im Zusammenhang mit der toten Frau in der Disko auf Lucas Tolski?«, meinte sie und blickte ihn angespannt an.

»Das muss sich im Zusammenhang mit der Suchanfrage nach der Identität der Toten ergeben haben«, erklärte Maartens. »Der Russe steht unter Beobachtung. Zwar nicht so, dass er rund um die Uhr observiert wird, aber das BKA ist über seinen Aufenthalt in Deutschland informiert. Von daher ist bekannt, dass er mit der Verstorbenen auf Langeoog war.«

»Wissen Sie, aus welchem Grund Tolski überwacht wird?«, meinte Kathrin Hansen nun richtig neugierig.

»Geldwäscherei. Er hat in Deutschland einige gut gehende Restaurants, über die das Geschäft läuft. Außerdem soll er einer der großen Bosse sein, die im russischdeutschen Drogentransfer ihre Finger im Spiel haben.« Mit ernster Miene blickte Maartens sie an. »Mit dem Mann ist nicht zu spaßen, der geht über Leichen. Für den zählt ein Menschenleben nicht mehr, als die Existenz eines Wattwurms.«

»Na super!

So ein Typ passt ja dann ganz toll auf unsere friedliche Insel«, knurrte Kathrin Hansen sauer. »Auf den haben wir gerade noch gewartet.«

Da Maartens zu dem Thema weiter nicht mehr sagen konnte, bat ihn Kathrin Hansen sie zu informieren, wenn er noch etwas in dieser Sache hören sollte. Anschließend verabschiedete sie sich und fuhr mit einem miesen Gefühl im Bauch zur Dienststelle.

Bereits im Flur roch sie den verführerischen Duft von Kaffee, ein Zeichen, dass Ava Sari, die gute Seele, schon aktiv war. Ein starker Kaffee war genau das, was sie jetzt gebrauchen konnte. Kurz nach ihr trudelten Maike Jansen und Friedrichs ein. Ihren strahlenden Gesichtern nach zu urteilen, musste zwischen ihnen was Schönes gelaufen sein, was auch immer. Jedenfalls war Kathrin Hansen froh, dass die beiden sich näher gekommen waren. Ihrer Meinung nach passten die gut zusammen. Olli Friedrichs, ein Kind der Insel, ruhig, besonnen, manchmal etwas steif, brauchte einen Menschen wie Maike Jansen. Brauchte eine Frau, die ihn aufrüttelte, bevor er zum Stockfisch verkümmerte. Und aufrütteln, impulsiv fröhlich sein, das konnte die Kommissar Anwärterin, wobei ihr wiederum das Ausgeglichene und die ruhige Art ihres Kollegen zugute kam. Na ja, mal abwarten, was die Zukunft bringen wird, dachte Kathrin Hansen und legte die Tüte mit den Teilchen auf den Tisch.

Bei der Auflistung der wenigen vorhandenen Fakten des Mordfalles waren sie bei der zweiten Runde Kaffee angelangt, als das Handy von Kathrin Hansen sich meldete. Sie blickte aufs Display und sah eine Kölner Nummer.

»Das dürfte die Chefin der Agentur sein«, murmelte sie, drückte auf Lautsprecher und nahm das Gespräch an.

»Ulrike Förster«, meldete sich eine klare, angenehme Stimme. »Ist das richtig, dass dort die Polizeistation auf Langeoog ist? Dass Sie um Rückruf gebeten haben?«

»Richtig. Kathrin Hansen, Leiterin der Dienststelle. Danke für Ihren Rückruf. Es geht um eine Mitarbeiterin von Ihnen, um Linda Soest.«

Einige Sekunden blieb es still, bis Ulrike Förster sich mit belegter Stimme äußerte.

»Es geht um Linda? Um Gottes Willen, ist ihr was passiert?« Bei Kathrin Hansen krampfte sich der Magen zusammen, das waren die Momente, in denen sie ihren Beruf hasste.

»Es tut mir Leid, Ihnen mitteilen zu müssen, das Linda Soest tot ist«, sagte sie mit möglichst ruhiger Stimme. »Deshalb unser Anruf. Wir benötigen einige Informationen von Ihnen.«

Ein verzweifelter Aufschrei ließ sie zusammen fahren.

»Linda tot, nein, das kann nicht sein«, dröhnte es aus dem Lautsprecher. »Sie müssen sich irren. Linda ist gut auf Langeoog angekommen und wohnt in einem exklusiven Ferienhaus. Sie arbeitet, schreibt für einen Kunden eine Chronik.«

»Heißt dieser Kunde Lucas Tolski?«, hakte Kathrin Hansen sofort ein.

»Ja, aber woher wissen Sie, das…?«, dann brach die Stimme von Ulrike Förster weg. Die Entsetzlichkeit der Tatsache war ihr wohl bewusst geworden.

»Linda Soest wurde Freitagabend in Begleitung von Lucas Tolski und zwei seiner Männer gesehen«, erklärte Kathrin Hansen. »Dadurch sind wir auf Tolski gestoßen.«

Es dauerte eine Weile, bis Ulrike Förster sich gefangen hatte und mit brüchiger Stimme fragte, wie Linda gestorben sei. »Sie war doch kerngesund, war Sportlerin und topfit. Und durch einen Verkehrsunfall kann es auf Ihrer Insel ja auch nicht gekommen sein«, meinte sie leicht ironisch.

Schnell überlegte Kathrin Hansen in wieweit sie die Frau informieren durfte und entschied sich für die Kurzform. Im schlimmsten Fall hing sie in der Sache mit drin, was sie aber eigentlich nicht glaubte.

»Frau Förster, Linda Soest wurde gestern in der Disko, in der sie sich am Freitagabend aufgehalten hatte, tot aufgefunden. Mehr kann ich Ihnen im Augenblick nicht dazu sagen. Wir sind mitten in den Ermittlungen. Und es tut mir wirklich Leid, aber ich muss Ihnen einige Fragen stellen. Also, sagen Sie mir bitte, mit wem und aus welchem Grund Ihre Mitarbeiterin nach Langeoog gekommen ist.«

»Lebensgefährtin«, heulte Ulrike Förster nun richtig los. »Linda und ich leben seit zwei Jahren zusammen.«

Ach, du lieber Himmel, fuhr es Kathrin Hansen durch den Kopf. Ich hätte die Frau anders ansprechen müssen. Maike Jansen, die sie beobachtet hatte, hob beruhigend die Hand, sie schien Gedanken lesen zu können. Kathrin Hansen brauchte einige Sekunden, um sich die nächsten Fragen zu überlegen.

Ulrike Förster war von dem Tod ihrer Lebensgefährtin direkt betroffen, was bedeutete, dass sie die Privatsphäre der beiden durchleuchten musste. Auch etwas, auf das sie gut verzichten konnte. Aber es war nun mal eine Tatsache, dass die überwiegende Mehrheit der Mordfälle Beziehungstaten waren. In diesem Fall sah es zwar nicht danach aus, aber ganz ausschließen konnte sie es auch nicht. Noch nicht. Doch ehe sie sich äußern konnte, meldete sich bereits wieder Ulrike Förster. Nach einem Räuspern hörten sie ihre Stimme aus dem Lautsprecher.

»Frau Hansen, Sie bleiben heute auf Langeoog?«

»Ja, warum meinen Sie?«

»Gut, in vier Stunden bin ich auf der Insel, dann möchte ich Linda sehen.«

Ehe Kathrin Hansen ihr erklären konnte, dass das keinen Sinn hätte, hatte Ulrike Förster aufgelegt. Auf den Rückruf reagierte sie nicht.

Kathrin Hansen wollte schon stinksauer werden, als ihr durch den Kopf ging, dass ihr so eine Fahrt nach Köln erspart bliebe. Und darüber war sie nun nicht wirklich traurig. Unter Umständen wäre sie in der Stadt noch ihrem Ex über den Weg gelaufen, was garantiert mal wieder in ätzendem Frust geendet hätte.

»Auch gut«, knurrte sie und trank einen Schluck von ihrem kalten Kaffee. »So haben wir Zeit gespart und können uns diesen sauberen Tolski vorknöpfen. Ich bin mal gespannt, was der Mann für eine Chronik in Arbeit hat. Seine kriminellen Machenschaften dürften ja wohl kaum darin vorkommen.«

Nicht weit vom ehemaligen Hospiz entfernt hatte Tolski in Richtung Höhenpromenade ein wirklich imposantes Anwesen. Ob er es gekauft hatte oder hatte bauen lassen, würde Kathrin Hansen am Montag auf der Inselverwaltung klären. Sie lief mehrmals in der Woche an dem Haus vorbei und wenn sie sich jemals Gedanken darüber gemacht hatte, dann nur, dass ein schwerreicher Bonze sich auf Langeoog eingekauft hatte. Ein Trend, bei dem ihrer Meinung nach so langsam die Grenze erreicht war. Ihr lag die Jugend von Langeoog am Herzen, die nachfolgenden Generationen, die gerne auf der Insel leben möchten. Wenn jedoch die Immobilienpreise nach dem Prinzip Angebot und Nachfrage weiter in die Höhe schießen würden, hatten sie immer weniger Chancen, das ihnen vermachte Erbe zu behalten. Zumindest dann nicht, wenn es mehrere Erbansprüche gab. Derjenige, der in dem Haus seiner Vorfahren leben möchte, war oft nicht in der Lage, die Miterben auszuzahlen und das Anwesen musste verkauft werden. Dankbar dachte Kathrin Hansen an ihre Mutter, die auf ihr Pflichtteil verzichtet hatte und sich wahnsinnig freute, dass die einzige Enkelin der Großeltern das Haus nicht nur übernommen hatte, sondern auch darin lebte. Ihr Blick wanderte zu dem Tolski Anwesen und ihr fielen sofort die Kameras auf, die an vier Seiten des Gebäudes und am Toreingang installiert waren. Eine Maßnahme, die für sich sprach.

»So ganz sicher scheint sich der Mann in seinem tollen Haus aber auch nicht zu fühlen«, meinte Maike Jansen. »Da gibt es bestimmt einige, die ihm an den Kragen wollen.« Beiläufig nickte Kathrin Hansen, sie war mit ihren Gedanken bereits bei der Zielsetzung des bevorstehenden Gespräches. Sie musste es so führen, dass Tolski nicht merkte, dass er in der Schusslinie stand. Sie musste ausloten, wie sie ihn packen konnte, so packen konnte, dass es für ihn kein Herauswinden gab. Entschlossen drückte sie den Sensor am Tor, blickte in Richtung der Kamera, zeigte ihren Dienstausweis und verlangte Lucas Tolski zu sprechen. Wenige Sekunden später summte der Toröffner und sie marschierten durch eine Außenanlage, die eindrucksvoll dem Flair der Insel angepasst war. Eindeutig hatte sich hier ein talentierter Landschaftsgestalter ohne Rücksicht auf die Kosten austoben können. Kathrin Hansen musste zugeben, das ganze hatte Stil.

Weniger Stil hatte der Mann, der sich vor der Haustür aufgebaut hatte. Im Video der Disko hatte sie ihn nur undeutlich erkennen können, hier stand sie vor einer Ausgabe, die sie von früheren Einsätzen in der Großstadt her kannte. Kantiges Gesicht, kurzer blonder Haarschnitt, ein Körper, der in der Muckibude getunt wurde. Doch so richtig gravierend waren die Augen. Kalt, stechend, gefühllos. »Was wollen Sie?«, sagte er arrogant, wobei sein Blick in dem Ausschnitt ihrer Bluse hängen blieb. Unangenehm berührt riss sich Kathrin Hansen zusammen und verlangte Lucas Tolski zu sprechen. »In welcher Angelegenheit?«, kam es knapp zurück.

»Das werde ich Ihnen ganz bestimmt nicht sagen«, erwiderte sie scharf. »Entweder Sie melden mich an, oder Ihr Chef bekommt eine Vorladung zur Dienststelle.« Auf seinem Gesicht bildeten sich hektische Flecken, sie spürte die Gewaltbereitschaft, die von ihm ausging. Sekunden später knallte er wortlos die Tür zu und Maike Jansen meinte zynisch, das sei ja ein besonders freundlicher Empfang gewesen.

»Entschuldigen Sie bitte die etwas unbeholfene Art meines Assistenten«, wurden sie kurz darauf von Lucas Tolski begrüßt. »Boris ist Damen gegenüber etwas schüchtern. In seiner Heimat bei St. Petersburg sind die Frauen nicht so bildschön wie hier auf der Insel.«

Aus den Augenwinkeln heraus bemerkte Kathrin Hansen, wie Maike Jansen die Augen verdrehte, so einen Schleimer konnte sie schon mal gar nicht ab. Kathrin Hansen warf ihr einen warnenden Blick zu, sie durften keinen Fehler machen.

»Kein Problem«, meinte sie lächelnd und stellte sich und Maike Jansen vor. »Wir haben nur ein paar Fragen wegen Linda Soest.«

Sollte Tolski misstrauisch geworden sein, so ließ er es sich nicht anmerken. Nur ein kurzes Blinzeln seiner Augen verriet, dass er verstanden hatte, worum es ging.

»Bitte kommen Sie ins Haus«, meinte er mit einer einladenden Geste und gab die Tür frei. Wenn Kriminalrat Heidkamp gemeint hatte, Tolski wäre stinkreich, so lag er bestimmt nicht daneben, schoss es Kathrin Hansen durch den Kopf. Von dem Protz, der sie in der Eingangshalle empfing, bekam sie schlagartig Krämpfe. Ihr Blick glitt über die schneeweiße Designer Garnitur, dessen makelloses Leder garantiert von Wild stammte, das nicht auf der Abschussliste stand. Entlang den hochweißen

Wänden hingen in schweren, goldenen Rahmen gemalte Portraits, von denen sie annahm, dass sie die Tolski Familie zurück reichend bis Methusalem zeigte. Kräftige, bärtige Männer und vollbusige, weibliche Geschöpfe blickten ihr entgegen. Ob die Originale wirklich immer die Vorzüge hatten, die der Maler kunstvoll herausgearbeitet hatte, mochte dahingestellt sein. Lucas Tolski bemerkte ihr Interesse und zeigte auf ein Bild, das zentriert auf der Stirnwand hing. Es stellte eine Frau dar, die eindeutig ihre Wurzeln in Südeuropa hatte. Ihr fein geschnittenes Gesicht, eingerahmt von bis auf die Schultern fallendes schwarzes Haar und mit einer schlanken, fraulichen Gestalt, war sie eine wirkliche Schönheit.

»Das ist meine Mutter«, erklärte Tolski stolz. »Ich würde alles dafür geben, wenn sie noch leben würde. Wenn ich sie noch einmal in meine Armen nehmen könnte.« Kathrin Hansen glaubte Wehmut in seiner Stimme zu hören, offensichtlich hatte er sehr an ihr gehangen. Dabei sah er seiner Mutter überhaupt nicht ähnlich, eindeutig hatte er die Gene seines Vaters geerbt, der die Wandfläche neben der Schönheit schmückte. Nein, korrigierte sich Kathrin Hansen sofort, von schmücken konnte nicht wirklich die Rede sein. Der herrische

Gesichtsausdruck des Mannes stieß sie ab. In seinen Augen sah sie keine Wärme, keine Regung. Es waren Augen, die sie kalt und gefühllos anstarrten. Augen, die auch sein Ableger neben ihr hatte, wenn dieser sich auch alle Mühe gab, mit seinem schleimigen Gehabe sein wahres Ich zu überdecken.

»Sie sind Ihrem Vater wie aus dem Gesicht geschnitten«, sagte sie und zeigte auf das Bild.

»Lebt er noch?«

Ein schroffes »Nein«, machte deutlich, dass sein Sprössling für ihn nicht die Liebe aufbrachte, die er für seine Mutter empfand. Kathrin Hansen nahm sich vor, nachzuforschen, was es mit der Tolski Familie auf sich hatte, als plötzlich ein künstlicher Wasserfall in der Mitte des Raumes anfing zu plätschern. Gleichzeitig erklang eine sanft klingende Melodie von Tchaikovsky. Wahnsinn, Kathrin Hansen war beeindruckt. Gerne hätte sie sich das Kunstwerk näher angesehen, als der Hausherr auf die Sitzgruppe zeigte und meinte, sie sollten sich setzen. Irgendwie schien ihm die gute Laune vergangen zu sein. Verstohlen sah Kathrin Hansen nochmals zu dem Bild seines Vaters hin und war sich sicher, dass er der Grund dafür sein musste. »Sie sagten, es geht um Linda Soest«, äußerte sich Tolski schließlich. »Wissen Sie, wo sie ist?«

Seine Kaltschnäuzigkeit brachte Kathrin Hansen fast zum Platzen. Sie riss sich zusammen und erklärte, das Linda Soest am Samstag tot aufgefunden wurde.

Mit aufgerissenen Augen starrte Tolski sie an.

»Linda ist tot?«

Schwer ließ er sich in einen Sessel fallen und schlug die Hände vor das Gesicht. Dann sprang er plötzlich auf, raufte sich die Haare und tigerte durch den Raum. Kathrin Hansen begann innerlich zu kochen und war nahe daran, die Show zu beenden. Sie gab Maike Jansen ein Zeichen, dass sie übernehmen sollte, ehe ihr selbst der Geduldsfaden riss.

»Das ist alles ganz traurig und furchtbar«, äußerte sich Maike Jansen, berührte Tolski mitfühlend am Arm und bat ihn sich zu beruhigen. »Und wir brauchen Ihre Hilfe, um einige Dinge klären zu können«, sagte sie leise und setzte sich neben ihn. Verständnisvoll blickte sie ihm in die Augen und meinte, dass der plötzliche Tod der jungen Frau für ihn ja ganz schrecklich sein müsste. Kathrin Hansen war platt, sie war beeindruckt, wie cool die Kommissar Anwärterin den Mann anging.

»Wir haben mit der Arbeitgeberin von Linda Soest gesprochen«, erklärte Maike Jansen, »sie hat uns gesagt, dass ihre Mitarbeiterin mit Ihnen auf die Insel gefahren ist um hier für Sie zu arbeiten. Das Linda Soest sogar in Ihrem wunderschönen Haus wohnen würde. Ist das richtig?«

Sichtlich entspannter lehnte Tolski sich zurück und legte eine Hand auf ihren Arm. Kathrin Hansen entging nicht, dass er dabei näher auf Tuchfühlung zu Maike Jansen ging.

»Stimmt. Linda hatte den Auftrag, unsere Familien Chronik zu schreiben, als zweisprachige Ausgabe«, erklärte Tolski. »Das setzte voraus, dass ich ihr alles über die Geschichte meiner Familie erzählen musste. Ursprünglich wollte ich sie für die Dauer der Arbeit mit nach St. Petersburg nehmen, doch das hat sie abgelehnt. Schließlich haben wir uns dann auf Langeoog geeinigt.«

Aber auch hier hast du Monster es geschafft, ihr junges Leben auszulöschen, schoss es Kathrin Hansen durch den Kopf. Sie gab sich einen Ruck und wandte sich ihm zu.

»Wann haben Sie Linda Soest zuletzt gesehen?«, fragte sie emotionslos und registrierte das kurze Flackern in seinen Augen. So ganz cool schien er dann doch nicht zu sein.

»Freitagabend, wir waren in der Disko. Wir hatten einen schönen Abend, haben getanzt und uns gut unterhalten. Aber dann hat sie mich sitzen lassen. Einfach so. Linda hat gesagt, sie müsste zur Toilette und ist nicht mehr zurückgekommen. Sie muss sich durch den Notausgang verdrückt haben.« Mit gerunzelter Stirn erklärte Tolski weiter, er wäre furchtbar enttäuscht gewesen und hätte die Disko dann kurz darauf verlassen. Am anderen Morgen, als Linda Soest nicht zum Frühstück erschienen ist, hätte er sich Sorgen gemacht und in ihrem Zimmer nachgesehen.

»Doch da war sie nicht, das Bett war unberührt. Sie ist die Nacht nicht nach Hause gekommen.«

Mit der geballten Faust schlug Tolski auf das wundervolle Leder der Couch.

»Ich war wütend, sehr wütend und zutiefst enttäuscht von ihr. Ich glaubte, das Linda die Nacht bei einem Mann verbracht hat. Aber ich musste das akzeptieren. Laut Arbeitsvertrag hatte sie abends ab achtzehn Uhr frei und konnte tun und lassen, was sie wollte. Trotzdem, ich hatte mir von ihr mehr erhofft.«

»Und Sie haben sich keine Sorgen gemacht, dass ihr etwas passiert sein könnte, haben nichts unternommen, um sie zu finden?«, spielte Kathrin Hansen das Spiel mit.

»Langeoog, wir sind hier auf Langeoog«, schoss Tolski zurück. »Hätten Sie eine solche Möglichkeit in Erwägung gezogen?« Eins zu null für ihn, musste sich Kathrin Hansen eingestehen. »Okay, aber wie sollte es weiter gehen, schließlich waren Sie doch im gewissen Sinne für Linda Soest verantwortlich.«

»Nein!«

Er schüttelte den Kopf und sah sie zynisch an.

»Das war ich nicht. Wie ich schon erklärt habe, hatten wir einen Arbeitsvertrag. Was Linda in ihrer Freizeit machte, durfte mich nichts angehen. Trotzdem habe ich gedacht, ich hätte ihr mehr bedeutet, als nur ein Kunde zu sein, der ihr seine Familiengeschichte diktiert. Aber wie auch immer, bis Montagmorgen wollte ich abwarten, wäre sie bis dahin nicht aufgetaucht, hätte ich mich mit ihrer Agentur in Verbindung gesetzt.«

»Sie kennen die Chefin von Linda Soest?«, hakte Maike Jansen ein.

»Selbstverständlich, mit Frau Förster habe ich den Vertrag gemacht. Und damit Sie das richtig verstehen, es ging um ein sehr hohes Honorar. Doch mir war wichtig, dass ich mich auf Linda Soest verlassen konnte, dass sie vertrauenswürdig war und nichts an die Öffentlichkeit weitergeben würde.« Schmerzlich verzog er das Gesicht und Kathrin Hansen hoffte, dass er nicht wieder die Show des Trauernden abziehen würde. Sie war sich nicht sicher, ob sie dieses Theater noch lange mitmachen könnte.

»Und nun hat Linda mich doch enttäuscht, hat meine Gefühle verletzt«, sagte Tolski heiser und blickte wie ein getretener Hund zu Maike Jansen hin. Eigentlich wollte Kathrin Hansen sich noch den Bodyguard vornehmen, der mit dem DJ irgendwas gedreht hatte, aber ihr reichte es. Sie musste weg von diesem Mann, seine verlogene Visage konnte sie nicht länger ertragen. Kurzentschlossen stand sie auf und meinte, dass sie in das Zimmer von Linda Soest müsste, um ihre persönlichen Sachen sicher zu stellen. »Wir nehmen diese mit und werden sie ihrer Familie übergeben«, bestimmte sie und bemerkte, wie Tolski die Stirn runzelte. »Ich nehme an, Sie sind damit einverstanden?«

Nachdenklich stimmte Tolski zu, meinte dann aber, dass er die bereits geschriebenen Dateien der Chronik von dem Laptop herunterziehen müsste. »Schließlich sind die mein Eigentum und gehen zudem keinen etwas an.«

An dem Gesichtsausdruck von Kathrin Hansen sah Maike Jansen, dass sie das ablehnen würde und kam ihr zuvor.

»Klar bekommen Sie Ihre Dateien. Allerdings müssen wir für die Arbeitgeberin von Linda Soest Kopien ziehen. Frau Förster wird sich dann mit Ihnen abstimmen, wie es weitergeht.«

Es war nicht zu übersehen, wie es in Tolski arbeitete, seine Aggressivität verbreitete sich spürbar im Raum. Schließlich nickte er und meinte ungehalten, dass sie ihm folgen sollten. Kathrin Hansen schickte beim Gehen noch schnell eine App an Friedrichs, dass er mit einem Elektrokarren zu dem Haus von Tolski kommen sollte. Dann blickte sie auf die Uhr, rechnete kurz nach und kam zu dem Schluss, dass sie bis zum Eintreffen von Ulrike Förster noch ausreichend Zeit hatte, sich vorher King und Harms vorzuknöpfen. Auf dem Video war immerhin deutlich zu sehen gewesen, das Tolski in der Disko viel herum palavert hatte. Sie konnte sich einfach nicht vorstellen, dass die beiden nichts davon mitbekommen hatten.

Mit dem Vorsatz, sich einen möglichst friedlichen Abgang zu verschaffen, folgte sie Tolski in das Gästezimmer, das Linda Soest bewohnt hatte.

7. KAPITEL

Es ging bereits auf 21 Uhr zu, als Ulrike Förster in den *Fährmann* kam und sich an den Tisch von Kathrin Hansen setzte. Bei ihrer Ankunft hatte es der Hauptkommissarin einige Mühe gekostet, die Frau davon zu überzeugen, dass sie Linda Soest nicht sehen konnte. Nicht zu ihr konnte. Schonend hatte Kathrin Hansen ihr erklärt, dass ihre Lebensgefährtin in Wittmund, in der Gerichtsmedizin läge. Dass sie aber davon ausging, dass der Leichnam am folgenden Tag freigegeben würde. Ulrike Förster konnte das alles immer noch nicht fassen und war total durch den Wind. Bei der Zimmersuche hatte Kathrin Hansen ihr dann noch geholfen und im Deichkrug hatte Förster das letzte freie Zimmer bekommen. Anschließend hatten sie sich in Langeoogs urigste Kneipe verabredet.

Ulrike Förster war eine gutaussehende Frau Anfang vierzig. Gepflegt, mit einer starken femininen Ausstrahlung. Sie und Linda Soest mussten ein Traumpaar abgegeben haben, ging es Kathrin Hansen durch den Kopf. Nach einem anfänglich zähen Gesprächsbeginn taute die Agenturchefin beim zweiten Glas Weißwein langsam auf und musterte Kathrin Hansen mit offensichtlichem Interesse.

»Hätte ich auch nicht gedacht, dass hier auf eurer konservativen Insel einmal eine Frau die Chefin der Polizei sein würde«, meinte sie anerkennend. »Sie sind noch recht jung, haben Sie keine Probleme damit?«

»Meine Vorfahren sind waschechte Insulaner, das hat mir sehr geholfen«, antwortete Kathrin Hansen. »Allerdings habe ich meine Lehrjahre auf dem Festland verbracht, sowohl beruflich als auch privat«, meinte sie schmunzelnd. Dass sie einige Jahre in Köln gelebt hatte, ging die Frau ja nichts an. Aufmerksam musterte sie die Lebensgefährtin der Toten. Ulrike Förster sah nicht nur gut aus, sie hatte auch das gewisse Etwas, das einen anzog. Ihre großen braunen Augen, wenn auch oft mit Tränen überlagert, waren sanft und voller Wärme. Kathrin Hansen krampfte sich bei dem Gedanken, dass diese sympathische Frau den Menschen, den sie geliebt hatte, auf so furchtbare Weise verloren hatte, das Herz zusammen. Doch es half alles nichts, sie brauchte Infos von ihr.

»Hatten Sie keine Bedenken, als Ihre Lebensgefährtin mit Lucas Tolski nach Langeoog gefahren ist, oder kannten Sie den Mann schon länger?«, fragte sie leise.

Ulrike Förster zuckte zusammen und nahm fahrig einen Schluck Wein.

»Das ist es ja. Und wie ich Bedenken hatte«, presste sie heraus. »Nein, gekannt haben wir Tolski vorher nicht, aber als er mir das erste mal in die Augen blickte, habe ich erkannt, was für ein Frauenjäger er ist.«

Ulrike Förster blickte die Hauptkommissarin konzentriert an. »Ich war früher hetero, hatte einige Affären mit Männern, war sogar kurzzeitig verheiratet, bis ich das Arschloch von einem Mann nicht mehr ertragen konnte. Heißt, ich habe Erfahrung mit dem männlichen Geschlecht. Aber bei dem Russen war noch was anderes, der Mann machte mir Angst, wenn ich auch nicht genau definieren konnte, warum.«

Beschwörend hob Ulrike Förster die Hände.

»Ich habe Linda angefleht, den Job abzulehnen, aber sie wollte das Ding durchziehen.«

»Aber Sie sind doch die Chefin der Agentur, Sie hätten den Auftrag doch ablehnen können«, antwortete Kathrin Hansen irritiert.

»Eigentlich schon, aber Linda wollte in die Firma einsteigen, war jedoch zu stolz, das ohne

Kapital zu machen. Da kam Tolski ihr gerade recht. Doch ich wollte das nicht und habe einen derart hohen Kostenvoranschlag gemacht, dass ich dachte, den akzeptiert der Russe nie.

Ein Irrtum.

Ihm war das schnuppe. Ohne mit der Wimper zu zucken hat er den Preis akzeptiert. Heute weiß ich, dass es ihm um Linda ging. Sie wollte er haben, koste es, was es wolle.«

Aufgewühlt winkte Ulrike Förster der Bedienung und bestellte sich noch ein Glas Wein. Auf ihre Einladung hin winkte Kathrin Hansen ab, sie war im Dienst.

»Ich konnte Linda nicht umstimmen«, erklärte Ulrike Förster weiter. »Sie sah das als ihre Chance und wollte ihr Honorar in die Firma stecken.« Heftig stellte sie das Glas auf den Tisch. Ihre Augen füllten sich mit Tränen und sie schlug die Hände vor das Gesicht. Zaghaft berührte Kathrin Hansen sie am Arm, sie wusste, die Vorwürfe, die sich diese Frau machte, waren genau so schwer zu ertragen, wie die Trauer.

»Wissen Sie, ob Ihre Lebensgefährtin Drogen genommen hat?«, fragte sie verhalten und wollte das Gespräch in eine sachliche Richtung steuern.

Entrüstet schoss der Kopf von Ulrike Förster in die Höhe.

»Wie kommen Sie denn darauf?

Linda hasste alles, was ihr klares Denken hätte beeinträchtigen können. Selbst ein Glas Wein trank sie nur in den seltensten Fällen.« Mit zusammen gekniffenen Augen blickte sie die Hauptkommissarin durchdringend an.

»Hat etwa ihr Tod etwas mit Drogen zu tun? Hat die Obduktion da was ergeben?«

Kathrin Hansen war klar, mit einer ausweichenden Antwort würde Ulrike Förster sich nicht zufrieden geben, sie entschied sich für die Teilwahrheit.

»Das endgültige Laborergebnis steht noch aus, es ist Wochenende, es dauert etwas länger. Aber ja, Ihre Lebensgefährtin ist durch den Konsum von Drogen gestorben. Soweit das erste Ergebnis der Pathologin. Mehr wissen wir nicht und wenn Sie sagen, dass Linda Soest nie Drogen genommen hat, müssen wir uns fragen, warum jetzt plötzlich doch?«

Verärgert schüttelte Ulrike Förster den Kopf.

»Nie und nimmer hätte Linda freiwillig Drogen genommen.«

Mit einem Zug leerte sie das Weinglas und stellte es heftig auf den Tisch.

»Man hat Linda vergiftet. So, wie es Dreckskerle bei ihren Opfern mit Ko.-Tropfen machen. Und Linda hat das erst wahrgenommen, als es zu spät war, als sie sich nicht mehr helfen konnte. Mein Gott, und ich war nicht da.« Mit einer heftigen Bewegung wischte sie sich einige Tränen ab und sah Kathrin Hansen mit harten Augen an.

»Das ist Ihnen doch auch klar, oder?«

So lief das nicht, Kathrin Hansen durfte das nicht bestätigen. Es bestand die Gefahr, das Ulrike Förster den Russen für die Tat verantwortlich machte und eine Kurzschlusshandlung auslöste.

»Wenn der Tathergang so gewesen ist, könnte jeder als Täter in Frage kommen«, antwortete sie. »Aber erst wenn das abschließende Laborergebnis vorliegt, können wir ein Zeitfenster ermitteln. Noch müssen wir auch davon ausgehen, dass Ihre Lebensgefährtin die Drogen selbst genommen hat.«

Kathrin Hansen bemerkte, wie Ulrike Förster sie entsetzt anstarrte und spürte, es war genug, sie mussten Schluss machen. Mit gerunzelter Stirn blickte sie auf die Uhr und meinte, es würde für sie Zeit, sie hätte am frühen Morgen die erste Besprechung. Beruhigend fasste sie Ulrike Förster am Arm und sah ihr aufmunternd in die Augen.

»Ich verspreche Ihnen, als erstes werde ich mich darum kümmern, dass Sie ihre

Lebensgefährtin so bald wie möglich sehen können. Bleiben Sie im Deichkrug, ich melde mich bei Ihnen.«

Erleichtert atmete Kathrin Hansen auf, als sie das Licht auf ihrer Terrasse brennen sah und wusste, das Hindrik auf sie wartete. Es war schön, wenn sie nach einem so richtig beschissenen Tag noch ein paar Worte wechseln konnten, es löste was Beruhigendes bei ihr aus. Und wie so oft freute sie sich, als sie die letzten Meter auf der Höhenpromenade auf ihr Haus zuging. Manchmal konnte sie es immer noch nicht fassen, dass eine so tolle Immobilie in dieser traumhaften Lage ihr gehörte. Dafür würde sie ihren Großeltern Zeit ihres Lebens dankbar sein. Friedhof, schoss es ihr dabei durch den Kopf, sie musste daran denken, frische Blumen aufs Grab zu stellen. Und gießen wäre bei dem warmen Wetter auch nicht verkehrt.

Hindrik hatte sie wohl schon gesehen und öffnete die Haustür. Prüfend blickte er sie an und ohne ein Wort zu sagen nahm er sie in die Arme. Erst als er merkte, wie seine Lebenspartnerin sich entspannte, ließ er sie los, bugsierte sie auf die Terrasse auf einen bequemen Zweisitzer und sagte, er wäre gleich wieder da. Entspannt blickte Kathrin Hansen über das Meer und versank mit ihren Gedanken in den letzten rötlichen Strahlen der untergehenden Sonne.

Es war unglaublich schön.

Eine leichte, frische Junibrise wehte von der See herüber, der Strand lag wie eine helle, profilierte Fläche vor ihr und einige unverzagte Silbermöwen machten mit ihrem hellen Geschrei noch auf sich aufmerksam. Bei dieser Idylle konnte sie das Böse dieser Welt für eine Weile vergessen, konnte vergessen, dass wenige Stunden vorher eine junge, lebenslustige Frau durch ein menschliches Ungeheuer zu Tode gekommen war. Hindrik stellte eine Glasschale mit Salznüssen auf den Tisch und füllte zwei Gläser mit Weißwein.

»Auf die schönste Meerjungfrau, die hier auf der Insel ihr Unwesen treibt«, meinte er gut gelaunt und stieß mit ihr an.

»Ach, du grüner Hering, an dieser Aussage stimmt aber auch gar nichts«, konterte sie. »Aber es tut gut, das zu hören«, schob sie grinsend nach. Kathrin Hansen nahm sich Salznüsse und blickte zu Hindrik hin.

»Und, wie hast du mit deinen Schutzbefohlenen den Sonntag verbracht? Bei dem tollen Wetter seid ihr doch sicher am Strand gewesen und habt Beach Volleyball oder so was gespielt.«

»Der Kandidat bekommt null Punkte«, lachte Hindrik. »Nein, heute haben wir was ganz anderes gemacht. Zwei meiner Gruppenführer und ich haben einigen Neuen Interessantes vor Ort gezeigt. Die jungen Leute waren bis jetzt ja nur damit beschäftigt, sich an die Umgebung zu gewöhnen, sich im Erholungsheim einzuleben. Da habe ich gedacht, dass sie nun auch mal was anderes sehen müssten.«

»Und, was hat ihnen am besten gefallen?«

»Die Ausstellung im Haus der Insel war der absolute Hit. Wenn sie auch nicht alles verstanden haben, war die Geschichte der Insel und der Seefahrt für sie am interessantesten. Und natürlich hatten es ihnen die alten Schiffsmodelle angetan. Das Seenotrettungsboot draußen durften sie dann auch noch besichtigen, also alle waren hellauf begeistert.«

Kathrin Hansen freute sich für Hindrik, dass er mit den psychisch geschädigten Jugendlichen so gut zu recht kam. Sie wusste, wie viel Arbeit und Herzblut er in diese Aufgabe steckte. Für ihn war das mehr als nur der Pflichtteil in einem Sonderpädagogischen Heim. Für ihn ging es um die Menschen, es ging ihm darum, dass sie wieder mit dem Leben klar kamen.

Sie rückte näher zu ihm heran, lehnte ihren Kopf gegen seine Schulter, blickte über das Meer und fühlte sich geborgen. Geborgen, weil Hindrik an ihrer Seite war. Sie dachte daran, wie er sie nach ihrer hässlichen Scheidung aus dem tiefen Loch gezogen hatte. Wie Hindrik auf sie eingegangen war, wenn die Wunden, die ihre Ehe hinterlassen hatte, ihr aufs Gemüt drückten. Und sie hatte oft noch ein schlechtes Gewissen, wenn sie daran denken musste, wie schwer sie es ihm manchmal gemacht hatte.

Sie beugte sich nach vorne zum Tisch hin, bediente sich von den Erdnüssen und bemerkte, wie seine Hand unter ihr T-Shirt glitt, wie die Finger sie weich und gefühlsbetont am Rücken kraulten.

Himmel, fühlte sich das gut an.

Sie schmiegte sich fester an ihn und als ihr ein Schauer nach dem anderen durch den Körper jagte, rückten die entsetzlichen Dinge des Tages endgültig in den Hintergrund.

Kathrin Hansen war immer noch sauer auf Siggi King. Der DJ hatte sich am Sonntagnachmittag tatsächlich verdünnisiert und blieb spurlos verschwunden. Wahrscheinlich hatte er Schiss bekommen, dass sie ihn wegen seiner Drogensucht hatte drankriegen wollen. Kurz entschlossen hatte sie Jan Harms für den Montagvormittag vorgeladen, beziehungsweise hatte ihm mitgeteilt, dass sie zu ihm nach Hause kommen würde. Und sie müsste sich schwer getäuscht haben, wenn er nicht sichtlich gezögert hatte, das zu akzeptieren. Aber sie war stur geblieben, sie wollte sich ein Bild von dem Mann machen, der an den Wochenenden in der Disko hinter der Bar stand und mit so Typen wie Tolski umgehen musste. Und der anscheinend nicht mitbekommen hatte, was der großspurige Russe so alles von sich gegeben hatte.

Es herrschte Seewind und tief atmete Kathrin Hansen, als sie über den Schniederdamm fuhr, die würzige Luft ein. Sie beobachtete, wie ein kleines Flugzeug einen Schwenk machte und mit dröhnenden Motoren den Inselflugplatz anflog. Das King mit einer solchen Maschine die Insel verlassen hatte, konnte sie sich nicht vorstellen, dafür würde ihm die Kohle fehlen. Doch sie nahm sich vor, auf der Rückfahrt in der Flug-Leitstelle nachzuhören.

Ziemlich am Ende der Bebauungsgrenze stieg sie vor dem frisch renovierten Haus »Dünenblick« vom Bike und musterte das Anwesen. Laut Aushang vermietete Jan Harms mehrere Ferienwohnungen und rundum war alles picobello gepflegt. Schon mal ein Pluspunkt für ihn, dachte Kathrin Hansen. Oder für seine Frau, so genau kannte sie seine

Familienverhältnisse nicht. An der Tür begrüßte Harms sie zurückhaltend und sie spürte, dass er über ihren Besuch nicht gerade in euphorische Begeisterung ausbrechen würde. Das konnte sie verstehen, ihr wäre es nicht anders gegangen. Es dauerte dann aber nicht lange, bis Harms auftaute und sich aufgeschlossen zeigte. Das King untergetaucht war, fand auch er mehr als bescheuert und meinte, dass er mit dem Mann nie richtig warm geworden wäre.

»King ist launisch. Einmal ist er richtig gut drauf«, erklärte Harms, »dann wieder reagiert er über jede Kleinigkeit übertrieben euphorisch. Ein anderes Mal hängt er über seiner Anlage und sieht zum Kotzen aus. Aber was ihn mir so richtig unsympathisch macht, ist, dass er es auf die ganz jungen Dinger abgesehen hat.« Ganz bei der Sache blickte Harms die Hauptkommissarin an.

»Bei uns in der Disko ist der Zutritt unter achtzehn Jahren zwar verboten, doch Sie wissen ja, wie das ist. Die Mädels donnern sich entsprechend auf und dann sind sie drin. Auf Ausweiskontrollen haben wir bisher verzichtet, weil eigentlich immer alles im Rahmen blieb. Und wenn Torsten Klaes, das ist der DJ, der normalerweise in der Disko ist, und ich merken, dass etwas nicht in Ordnung ist, schreiten wir ein. Aber wie gesagt, es kommt wirklich äußerst selten vor.«

»Was heißt das genau, das King es auf die ganz jungen Dinger abgesehen hat?«, hakte Kathrin Hansen nach. »Hat er sie belästigt, sie begrapscht oder so was in der Art?«

»Ja, er hat eine ganz linke Art, sich anzuschleimen. Macht bei den Mädels einen auf Freund, fasst sie wie zufällig überall an und wenn sie ihn abwimmeln, droht er ihnen, sie hinaus zu werfen. Beim letzten Mal habe ich ihm angedroht, sollte sich das wiederholen, würde ich unseren Chef informieren. Sie können sich denken, wie er seit dem zu mir steht.«

»Und wie ist es mit Drogen, haben Sie mal bemerkt, ob King sich was reingeworfen hat?«

Harms zuckte mit den Schultern und meinte, er hätte zwar den Verdacht, aber nein, Konkretes wüsste er nicht. Das sie King und einen der Bodyguards auf dem Video hatten, als sie nacheinander in die Toilette verschwanden, wollte Kathrin Hansen ihm nicht erzählen.

»Sie haben es schön hier«, meinte sie und blickte sich interessiert um. »Sind Sie verheiratet?«

»Ja, meine Frau Silke und ich sind schon fast zwanzig Jahre verheiratet«, erklärte er stolz. Silke arbeitet halbtags im Hotel Meerblick an der

Rezeption und dann haben wir noch drei Ferienwohnungen, um die sie sich kümmert. Ich selbst bin angestellt auf dem Reiterhof und arbeite zusätzlich am Wochenende in der Disko.

Ich will Ihnen mal was zeigen.«

Er stand auf und holte ein Fotoalbum, das auf der Fensterbank lag. Harms blätterte einige Seiten um und zeigte auf ein Schwarzweiß Foto. Unschwer erkannte Kathrin Hansen, in welch herunter gekommenen Zustand das Haus früher ausgesehen hatte.

»So sah das hier aus, als wir das Haus vor zehn Jahren gekauft haben«, erklärte Harms. »Das war, als meine Mutter gestorben ist und meine Frau und ich uns entschlossen haben, auf der Insel zu leben. Meine Mutter lebte schon immer hier, allerdings in einem recht kleinen Haus, das ich verkauft habe. Sonst ist hier keiner mehr von meiner Familie, mein Vater ist früh verstorben und Geschwister oder Verwandte habe ich nicht.«

Anerkennend blickte Kathrin Hansen sich um.

»Da haben Sie hier ganz schön viel Arbeit hinein gesteckt und ich nehme an, auch sehr viel Geld. Haben Sie Kinder?«

»Nein, das hat leider nicht geklappt. Aber trotzdem sind meine Frau und ich zufrieden.

Durch die Ferienwohnungen haben wir immer Menschen um uns herum und das Leben auf der Insel ist ja wie ein ständiger Urlaub.«

Schmunzelnd blickte er Kathrin Hansen an.

»Aber wem sage ich das. Sie haben sich ja auch für die Insel entschieden, Sie empfinden das sicherlich genau so.«

»Stimmt.

Aber nun haben wir den Fall, dass eine junge Frau an Drogen gestorben ist, das müssen wir so schnell wie möglich klären. Und hierzu brauche ich Ihre Hilfe.«

Durchdringend sah sie Harms an.

»Können Sie sich vorstellen, dass die Frau bei Ihnen in der Disko Drogen genommen hat um dann dort auf der Toilette erbärmlich zu sterben? Sie haben sie an dem Abend erlebt, was für einen Eindruck hatten Sie von ihr?«

Jan Harms druckste herum. Für Kathrin Hansen wurde es immer offensichtlicher, dass er mehr wusste, als er ausgesagt hatte. Und sie fragte sich, warum das so war. Vielleicht fürchtete er um seinen Job, wenn er etwas über die Gäste sagte, überlegte sie. Oder er war der Typ, der sich grundsätzlich aus allem heraus hielt.

Aber so ging das nicht, so einfach konnte sie es ihm nicht machen.

»Wir haben eine junge Frau, die grauenvoll gestorben ist, die sich vorher eine ganze Weile bei Ihnen an der Bar aufgehalten hat. Und sie war in Gesellschaft einiger Herren.

Also Harms, heraus damit, was war los?«

Verkniffen starrte Harms auf den Boden, ihm wurde klar, dass er aus der Nummer so einfach nicht heraus kam.

»Er hat ihr gedroht.

Der Mann hat der Frau gedroht, sie nach Hause zu schicken und ihren Vertrag zu kündigen, wenn sie nicht etwas zugänglicher würde. Für das irrsinnig hohe Honorar, das er ihr zahle, könne er schließlich etwas mehr Entgegenkommen erwarten, so meinte er zu ihr. Dann hat er sie auf die Tanzfläche gedrängt und gezwungen mit ihm zu tanzen. Der Mann hat sich wie ein Schwein benommen.«

»Sie sprechen von dem Boss der drei Männer?«

»Genau. Mit Tolski hat ihn die Frau angeredet, während er sie immer Linda nannte.«

»Und nach dem Tanzen, wie ging es da weiter?«

»Tut mir Leid, da habe ich nichts mehr von mitbekommen. Es war Freitagabend, die Bude war rappel voll und ich hatte wirklich alle Hände voll zu tun.« Mit gerunzelter Stirn blickte Harms auf seine Uhr und meinte, er müsste jetzt aber auch los, auf dem Reiterhof würden Feriengäste auf ihn warten.

Nicht ganz davon überzeugt, dass Harms wirklich alles rausgelassen hatte, was er wusste, gab Kathrin Hansen ihm schließlich ihre Karte und bat ihn, sie anzurufen, sollte ihm noch was einfallen. Mit einem »Schönen Gruß an Ihre Frau«, verabschiedete sie sich und nahm sich vor, zeitnah mit Hindrik der Disko einen Besuch abzustatten. Sie wollte sich die Situation vor Augen führen, wollte feststellen, inwieweit der Mann hinter der Bar wirklich von den Gästen entfernt sein Geschäft betrieb.

Mit Hindrik in die Disko. Bei dem Gedanken musste sie dann doch grinsen. Sie stellte sich schon vor, wie er alleine bei der Vorstellung, tanzen zu müssen, sich wie ein Wurm winden würde. Tanzen war nun überhaupt nicht sein Ding. Als sie schließlich das Gartentor hinter sich schloss, blickte sie nochmals zurück und bemerkte Harms, der am Fenster stand und hinter ihr her blickte.

Auf dem Weg zu ihrer Dienststelle sprang Kathrin Hansen noch kurz in der Flugplatz Leistelle vorbei, doch wie schon vermutet, hatte King sich dort nicht blicken lassen. Spontan entschied sie, noch schnell zum Dünenfriedhof zu fahren, um das Grab der Großeltern zu wässern.

In unmittelbarer Nachbarschaft zu der Grabstätte von Lale Andersen lagen ihre Oma und ihr Opa begraben. An der Wasserstelle füllte Kathrin Hansen eine Gießkanne, tränkte auf dem Grab alles ordentlich und stellte Sommerblumen in eine Vase. Dabei wanderten ihre Gedanken zurück in die Vergangenheit, sie dachte an die glückliche Zeit, die sie bei den Großeltern verbracht hatte. Dachte daran, dass die beiden ihr eine friedliche Zuflucht gegeben hatten, als es bei ihren Eltern auf dem Festland heftig kriselte und sie als Vorschulkind dies Schreckliche miterleben musste.

Ja, die Insel war schon immer ihr Refugium gewesen und sie fühlte sich für sie verantwortlich. In Gedanken versunken kam sie an der Gedenkstätte der russischen Kriegsgefangenen vorbei und ihr wurde bewusst, dass dort Menschen lagen, die unter der Naziherrschaft furchtbare Dinge auf der Insel erleiden mussten. Erleichtert dachte sie daran, dass ihr Opa keinen Anteil an diesen Gräueltaten gehabt haben konnte, zu dieser Zeit war er an der Westfront und kämpfte gegen die Alliierten. Vor dem Friedhofstor schwang sie sich auf ihr Bike und war mit ihren Gedanken schon bei der

Telefonkonferenz, die in wenigen Minuten mit Kriminalrat Heidkamp stattfinden würde.

8. KAPITEL

Vor Erleichterung hätte Maike Jansen am liebsten die Planken der Fähre geküsst, als sie in Bensersiel an Bord ging. Sie hatte einen so richtig beschissenen Tag hinter sich und sehnte sich nach Strand, Ruhe und einem langen Spaziergang am Meer. Zielstrebig belegte sie auf dem Oberdeck zwei Stühle und wartete sehnlichst auf den Becher Kaffee, den ihr Kollege Friedrichs besorgen wollte. In ihrem Kopf tauchte wieder die Szene auf, als Ulrike Förster sich im Leichenschauhaus von ihrer toten Lebensgefährtin verabschiedet hatte. Sie sah wieder, wie diese Frau vor Leid und Trauer um den Menschen, den sie liebte, am Ende zusammen gebrochen war. Maike Jansen hatte sich noch weiter um Ulrike Förster kümmern wollen, aber diese wollte mit ihrer Trauer alleine sein. Konnte keinen Menschen um sich herum vertragen, so meinte sie. Zumindest hatte sie Maike Jansen versprochen, einen Arzt aufzusuchen, wenn sie alleine nicht klar kam.

Nach Freigabe des Leichnams wollte sie von Wittmund aus sich um die Überführung nach Köln kümmern. Um sicher zu gehen, hatte Maike Jansen die Hauptkommissarin angerufen und nachgefragt, ob das in Ordnung wäre. Kathrin Hansen sah keinen Grund, das zu stoppen und hatte ihr Okay gegeben. Sollte sich noch ein Verdachtsmoment gegen Ulrike Förster ergeben, nun, die Domstadt war nicht aus der Welt. Allerdings musste Ulrike Förster mit noch etwa zwei Tage Aufenthalt rechnen, bevor sie ihre Lebensgefährtin mitnehmen konnte. So lange würde es schon noch dauern, bis alle pathologischen Untersuchungen abgeschlossen waren.

»Feierabend«, ließ sich Kollege Friedrichs vernehmen und drückte Maike Jansen einen heißen Kaffeebecher in die Hand. Er pflanzte sich neben sie auf den Stuhl und streckte die Beine weit von sich. »Herrlich«, grunzte er, »es geht auf unsere Insel.«

»Denkst du, was ich denke?«, meinte Maike Jansen nach einer Weile und legte ihre Hand auf sein Knie.

»Stellst du dir auch gerade vor, wie wir beide in«, sie blickte auf ihre Uhr, »gut einer Stunde am Strand laufen, das Plätschern der Wellen hören und die letzten Strahlen der untergehenden

Sonne beobachten? Oder würdest du lieber etwas anderes machen?«

Etwas anderes machen!

Für Friedrichs nicht vorstellbar.

Wenn Maike bei ihm war, hatte er alles, was er sich wünschte. Das diese bildschöne und blitzgescheite Frau sich einmal in ihn verknallen würde, hätte er sich nie träumen lassen.

»Da denke ich schon dran, seitdem wir von Wittmund weg sind. Ich fühle schon den Sand unter meinen Füßen und wie das Wasser sie umspült. Und nach dem letzten Anruf von unserer Chefin sieht es so aus, dass wir für heute Feierabend haben.«

»Hat Kathrin noch was gesagt, wie es mit unserem Hauptverdächtigen Lucas Trotzki weitergehen soll?«, wollte Maike Jansen wissen.

»Ja. Heidkamp wartet noch auf Infos vom Bundeskriminalamt. Er will was in die Hand bekommen, um Tolski und seine Männer in die Mangel nehmen zu können. Er hofft, über die Bodyguards an Tolski heranzukommen.«

»Dazu gehört aber schon ein ganz massiver Druck«, gab Maike Jansen zu bedenken. »Die Brüder sind bis aufs Blut miteinander eingeschworen.«

»Wir werden sehen, auf jeden Fall wird das heute nichts mehr und wir haben den Abend für uns.«

Grinsend blickte Friedrichs sie an.

»Oder möchtest du lieber mit dem Kollegen aus Wittmund einen so richtig drauf machen? Mit dem Typ, der die ganze Zeit um dich herum scharwenzelt ist und versucht hat, dich anzumachen.«

Maike Jansen versetzte ihm einen kräftigen Stoß in die Rippen und verzog angeekelt das Gesicht.

»Diesen Schleimer und Widerling sollten sie feuern, der gehört einfach nicht in eine Polizeiuniform«, kommentierte sie. »Der war dass doch auch, der unserer Ava es mal so richtig besorgen wollte, der meinte, sie als Thai stände ja auf so was.«

»Der dann aber von Kathrin so richtig zusammen gefaltet wurde«, schmunzelte Friedrichs. »Aber guck mal«, er zeigte nach vorne, »da können wir schon die Durchfahrt zwischen Langeoog und Spiekeroog sehen und Hein mit seinem Kumpel Lars sind auch unterwegs.«

»Hein und Lars?«

»Das sind dort vor Baltrum die beiden Krabbenfischer.«

Erleichtert atmete Friedrichs durch. »Bin ich froh, dass die wieder rausfahren dürfen, das war für die Jungs eine schwere Zeit. Ich kenne die ja nun schon ein Leben lang, aber so deprimiert habe ich die noch nie erlebt.«

Irritiert sah Maike Jansen zu den Fischerbooten hin.

»Wieso, was ist denn geschehen?«

»Es bestand Fangverbot. Der Grund war, dass der Bestand an Garnelen drastisch zurückgegangen ist und das Krabbenfischen für mehrere Monate ausgesetzt wurde. Heißt, die Fischer hatten krasse Einkommensverluste. In dieser Zeit waren ja auch die Krabbenbrötchen deshalb so irre teuer. Ich habe gehört, der Kilopreis Krabben wäre um das Vierfache gestiegen.«

»Wahnsinn, Olli, das habe ich gar nicht mit bekommen«, gab Maike Jansen zu. »Aber dafür habe ich dich alten Seebären ja.« Schnell drückte sie ihm einen Kuss auf die Backe und tat so, als wenn sie den belustigten Blick der alten Dame, die ihnen gegenüber saß, nicht bemerkt hätte.

Da sie ihre Räder am Hafen geparkt hatten, trudelten sie noch vor der Inselbahn in Langeoog ein und fuhren zu Friedrichs in die Heerenhusstraße. Da Maike Jansen dort öfters übernachtete, hatte sie immer ein paar

Strandklamotten deponiert und konnte sich direkt umziehen. In Vorfreude auf den Strand und das Meer fuhren sie dann an Lale Andersens Sonnenhof vorbei zum Übergang Nichtraucher Strand. Maike Jansen meinte, sie würde gerne in Richtung Ostende laufen, worauf Friedrichs begeistert zustimmte. Er wollte sich die kürzlich in Angriff genommene Strandaufspülung mal genauer ansehen.

»Das ist schon irre«, meinte er, »wenn man bedenkt, was für Mengen an Sand durch die Rohrleitung gepumpt werden.«

Maike Jansen verstand nur Bahnhof, sie blickte kritisch auf die endlose eiserne Röhre, die wie eine riesige braune Schlange parallel zur Wasserlinie den Strand verunstaltete. So ganz kapierte sie die praktische Seite der Aktion noch nicht.

»Olli, Strandaufspülung?

Wo bitte, soll denn der ganze Sand her kommen?«

Friedrichs zeigte auf ein Frachtschiff, das vor der Küste in Richtung Baltrum ankerte.

»Von dem Schiff dort wird ein Saugrohr auf den Meeresgrund gesenkt und der Sand damit angesaugt«, erklärte er. »Ich glaube, so etwa zehntausend Kubikmeter Sand kann der Frachter aufnehmen. Ist er beladen, fährt er bis hier vor Ort, wo vom Schiff aus der Sand in die Rohrleitung gepumpt wird.«

»Aber, warum wird ausgerechnet hier eine solch riesige Aktion durchgeführt und nicht an der Westküste, wo doch auch Düneneinbrüche sind?«, sinnierte Maike Jansen nachdenklich.

»Hinter uns liegt das Trinkwassereinzugsgebiet der Insel«, erklärte Friedrichs. »Und um das zu schützen, muss hier ein höheres Strandniveau gesichert sein.«

»Wahnsinn, was für ein Aufwand«, staunte Maike Jansen anerkennend. »Da sollen sich noch mal Urlauber darüber beschweren, dass bei uns Kurbeitrag bezahlt werden muss. Das hier kostet doch alles ein Schweinegeld.«

»Nun ja, das Projekt selbst wird vom Land bezahlt, doch du hast schon recht, für Langeoog bleibt noch genug hängen.«

Neugierig darauf, sich die Sache näher anzusehen, fasste Maike Jansen Friedrichs an der Hand und zog ihn zu der Rohrleitung hin. Sie wunderte sich, dass nicht gearbeitet wurde. Der Bagger weiter hinten an der Röhre hob sich bewegungslos wie ein Monster von dem Strand ab und nirgendwo war auch nur der Schatten von einem Arbeiter zu sehen. Friedrichs schien die gleichen Gedanken zu haben und meinte, am anderen Tag ginge es endlich mit der Arbeit weiter.

»Die mussten eine mehrtägige Pause einlegen, weil ab einer bestimmten Windstärke das Schiff den Sand nicht absaugen darf. Durch das Schaukeln könnte sonst das Saugrohr beschädigt werden. Aber ist doch passend, so können wir uns die Röhre jetzt mal genauer ansehen. Vielleicht finde ich ja eine hübsche Nixe in dem Ding«, feixte er und sprintete schon auf die Rohranlage zu.

»Warte, du Wattwurm, wenn ich dich kriege«, rief Maike Jansen und schoss hinter ihm her. Beim Laufen kamen sie an eine breit geformte Mulde, in die bereits Sand hinein gespült wurde. Friedrichs blieb stehen und meinte, dass sie sich das mal ansehen müssten, wenn die Sandaufspülung in Betrieb sei.

»Das ist irre, was die Rohre da alles ausspucken. Mit dem Sand werden ja auch Meerestiere angesaugt und selbst, wenn die Viecher die Höllenfahrt durch die Rohrleitung überstehen, werden sie am Schluss hier von den Möwen gefressen. Für die ist das jedes Mal ein Festtag.«

»Mahlzeit, bei mir gibt es heute keinen Hering«, meinte Maike Jansen trocken und blickte auf die Uhr.

»Apropos Abendessen, bei dir oder bei mir?«

»Bei mir«, antwortete Friedrichs und zeigte auf das Ende der Röhre. »Wir laufen noch bis dort hin und dann geht es nach Hause. Ich könnte uns ein Rührei mit frischen Kräutern machen.«

»Wunderbar«, freute sich Maike Hansen. »Ich mache den Nachtisch.«

Sie sprinteten bis zum Ende der Rohrleitung, wo Friedrichs stehen blieb um Dehnübungen zu machen. Interessiert blickte er dabei in das Rohrende und sah, dass ein blauer Müllsack die Röhre verstopfte.

»Es ist doch eine Unverschämtheit, wie manche Menschen ihren Mist entsorgen«, schimpfte er.

»Maike, warte einen Moment, ich ziehe den Sack heraus, sonst kriegen die Arbeiter morgen Probleme.«

Bevor Maike Jansen ihn davon abhalten konnte, kroch er ein Stück in das Rohr hinein, griff nach dem Müllsack und prallte erschrocken zurück. Geschockt rutschte er aus der Röhre und sah leichenblass zu Maike Jansen hin.

»Maike, Scheiße. Ich habe den Fuß eines Menschen in der Hand gehabt«, würgte er heraus.

»Maike, eine Leiche.«

Dann schoss Friedrichs hinter die Röhre und kotzte sich die Seele aus dem Leib.

Es reichte Kathrin Hansen, immer noch war sie damit beschäftigt, die Männer der Kriminaltechnik, die Heidkamp mit dem Heli hatte einfliegen lassen, in Zaum zu halten. Es musste ja nicht jeder am Strand mitkriegen, was für eine Sauerei passiert war. Aus dem Zelt, das man über den Toten aufgebaut hatte, kam gerade Sonja Klaes, die Pathologin, und steuerte auf sie zu.

»Ihr bekommt es hier aber so richtig dicke ab«, raunzte sie. »Mit einem Mordopfer gebt ihr euch anscheinend nicht zufrieden. Nein, es muss ja gleich einen weiteren Toten geben. Dazu noch professionell erschossen.«

Kathrin Hansen starrte sie entsetzt an.

»Sonja sag, dass das nicht wahr ist«, stöhnte sie.

»Und ob. Der Tote in dem Sack wurde durch einen Schuss in den Nacken getötet. Mit aufgesetzter Pistole. So was machen nur Killer. Und hier, die haben wir bei ihm gefunden.« Sie reichte der Hauptkommissarin eine Karte und Kathrin Hansen las den Namen auf dem Ausweis.

»Ach du Scheiße.«

Ehe sie sich näher dazu äußern konnte, wurde sie durch einen Tumult auf dem Dünenkamm abgelenkt. Einige offensichtlich alkoholisierte Jugendliche hatten die Absperrung ignoriert und kamen auf das Zelt zu gestolpert. Zwei Männer der Insel Feuerwehr liefen hinter ihnen her und forderten sie auf, sofort stehen zu bleiben.

»Das darf doch alles nicht wahr sein«, knurrte Kathrin Hansen aufgebracht und stellte sich der Meute in den Weg.

»Wenn ihr noch einen Schritt näher kommt, setzte ich euch für die Nacht fest«, brüllte sie. »Ich gebe euch zwei Minuten, wenn ihr dann nicht verschwunden seid, nehme ich eure Personalien auf und ihr bekommt noch eine saftige Anzeige gratis.«

Das wirkte.

In einem Kauderwelsch nuschelte einer der Angeheiterten so etwas wie eine Entschuldigung und zog dann mit seinen Kumpels lamentierend davon.

»Was für ein Scheiß Tag«, fluchte Kathrin Hansen und ging zu Heidkamp, der mit dem Leiter der Kriminaltechnik zu Gange war.

Zum Glück hatte der Kriminalrat Kathrin Hansen zugestimmt, als sie vorgeschlagen hatte, mit der Krisensitzung so lange zu warten, bis das Ergebnis der Kriminaltechnik vorläge. Bis alle sichergestellten Spuren auf dem Tisch lagen. Am Ende hatten sie eine Telefonkonferenz für am Morgen zehn Uhr angesetzt. Heidkamp wollte von Wittmund aus der Kriminaltechnik auf die Füße treten. Für seine Entscheidung, ob er zusätzliche Ermittler einsetzen würde, brauchte er Ergebnisse.

Zusätzliche Ermittler!

Bei der Vorstellung bekam Kathrin Hansen Magenkrämpfe. Sie stellte sich schon vor, wie bei Bekanntwerden einer Sonderkommission Feriengäste ihre Koffer packten und fluchtartig die Insel verlassen würden. Und sie könnte es ihnen noch nicht einmal verdenken. Schließlich war Langeoog für sie der Garant für einen Urlaub der Ruhe und Sicherheit. Eine Zeit, in der ihre Kinder morgens unbeschwert Brötchen holten und sie selbst fern von den Sorgen des Alltags entspannen konnten. Aber zwei Morde auf der Insel, das würden viele Feriengäste nicht verdauen können.

Endlich zu Hause angekommen, wollte Kathrin Hansen es sich gemütlich machen. Der kommende Tag würde stressig genug werden, sie wollte den Rest des Abends genießen. Mit Lachsbrötchen, einem Glas Weißwein und dem neuen Buch, das sie sich mittags auf die Schnelle in der Buchhandlung geholt hatte. Hindrik war auf einer Tagung, die bis andern tags ging, und sonst erwartete sie niemand.

Durch das Panoramafenster des Wohnzimmers blickte sie entspannt auf das Meer. Es war eine helle Nacht mit einem dreiviertel Mond und die glatte Oberfläche der See strahlte Ruhe und Gelassenheit aus.

Ein wundervoller Blick.

Eine heimelige Atmosphäre.

Sie liebte ihr Zuhause.

Interessiert betrachtete sie den modern gestalteten Titel des Buches, als die Haustürglocke schrillte. Sie überlegte, wer das sein könnte und hoffte, dass es nichts Dienstliches war. Dass sie nicht noch weg musste. Nach dem dritten ausdauernden Klingeln öffnete sie die Wohnungstür.

Es war Tina, ihre Freundin.

»Entschuldige, dass ich mehrmals geklingelt habe, ich dachte du wärst im Bad und hättest es nicht gehört«, meinte Tina. Warmherzig umarmte sie Kathrin Hansen, um sogleich zu fragen, ob sie störe.

»Quatsch, du störst nie, das weißt du doch.«

Tina Lütjes gehörte zu den Menschen, die Kathrin Hansen besonders nahe standen. Sie hatten in Köln einige Zeit in einer Wohngemeinschaft gelebt, hatten vieles gemeinsam durchgestanden und gingen füreinander durchs Feuer. Als sie ins Wohnzimmer gingen und Tina sah, was ihre Freundin an dem Abend vorhatte, wollte sie direkt wieder gehen. Sie spürte, dass Kathrin Ruhe brauchte.

»Kommt nicht in Frage, du bleibst hier, wir essen zusammen und quatschen etwas«, bestimmte Kathrin Hansen.

Sie ließ ihrer Freundin keine Wahl, nahm ihr die Tasche und den über die Schulter gelegten Pullover ab, legte die Sachen in die Garderobe und holte einen weiteren Teller und ein Weinglas aus der Küche.

»Kathrin«, Tina sah sie besorgt an, »du siehst ziemlich geschafft aus, du hast bestimmt wieder eine stressige Zeit.«

Kathrin Hansen reichte ihr den Brötchenkorb und den Lachsteller und zuckte mit den Schultern.

»Ach, es geht so, aber weißt du, die Sorgen um die Sicherheit der Leute hier auf der Insel, das macht einen schon ganz schön fertig.«

»Hängt das mit der Geschichte heute am Oststrand zusammen? Da soll ja ein wahnsinniger Auflauf stattgefunden haben.«

»Ja, unter anderem. Da ist was Furchtbares passiert. Aber jetzt Themawechsel, den Mist heben wir uns für morgen auf.«

Kathrin Hansen nahm einen großen Schluck Wein.

»Aber Tina«, Kathrin Hansen gefielen die dunklen Ringe unter den Augen ihrer Freundin überhaupt nicht.

»Du hast momentan auch nicht gerade deine beste Zeit.

Was ist los?«

Tina senkte den Kopf, Tränen quetschten sich aus ihren Augen und es dauerte eine Weile, bis sie sich gefangen hatte.

»Nein, es läuft überhaupt nicht gut, Hannes hat eine andere.«

Völlig perplex blickte Kathrin Hansen ihre Freundin an.

»Tina, das glaube ich jetzt nicht.«

Sie setzte sich zu ihr auf die Couch, nahm sie in die Arme und drückte sie an sich.

»Tina, nie und nimmer würde Hannes das machen, nicht bei so einer tollen Frau wie du das bist.«

Und das war ihre Freundin.

Mit ihrer super Figur, dem ausdruckstarken Gesicht, den langen schwarzen Haaren, konnte Tina an jeder Hand zehn Männer haben. Neben ihr kam Kathrin Hansen sich manchmal wie eine Inselpomeranze vor.

»Doch das ist so. Ich habe die beiden vor zwei Tagen am Weststrand gesehen. Er hatte seinen Arm um sie gelegt und sie gingen ganz vertraut in Richtung Flinthörn.«

»Wer ist sie?«

»Sandra Weber, sie arbeitet wie Hannes in der Hafenverwaltung.«

»Hast du mit Hannes gesprochen?«

»Nein, ich wollte mich erst einmal beruhigen und dann mit ihm reden. Doch es wird nur noch schlimmer.«

Wieder liefen ihr die Tränen herunter.

Kathrin Hansen schenkte Wein nach.

»Tina, ich kann es mir einfach nicht vorstellen, nicht bei Hannes.«

Sie dachte an die schönen Stunden, die sie und Hindrik mit dem befreundeten Paar bei mancher Gesellschaft verbracht hatten. Hannes hatte immer nur Augen für seine Tina gehabt. Nie hatte er mal anderen Frauen nachgeblickt, das hätte sie bemerkt.

Es musste eine Erklärung geben.

»Du musst mit Hannes reden, heute noch.«

»Er ist nicht da, er ist in Hamburg wegen so einer neuen Zollverordnung, er kommt morgen erst wieder.«

»Auch gut, dann beruhigst du dich bis dahin und wenn er kommt, geht ihr zusammen essen.«

Kathrin Hansen sah sie beschwörend an.

»Du lässt dir nichts anmerken. Du sagst ihm nur, dass du ihn mit dieser Weber gesehen hast, falle also nicht direkt mit der Tür ins Haus. Wegen der Umarmung oder so. Dann hörst du, was er dazu sagt. Ich wette, es gibt eine simple Erklärung.

So, und nun Schluss mit dem Thema Männer, jetzt machen wir uns einen schönen Restabend. Brot und Wein habe ich ausreichend auf Vorrat. Und die Nacht schläfst du bei mir.«

9. KAPITEL

Dienstagmorgen, der Truppe blickte die Müdigkeit aus den Augen. Friedrichs, der sich am Vorabend bereit erklärt hatte, den Fundort am Strand erst dann zu verlassen, wenn die gesamte Meute der Kriminaltechnik abgerückt war, sah aus, als wenn er in den Dünen gepennt hätte. Bei Maike Jansen keine Frage, dass sie ebenfalls so lange dort geblieben war, nur dass sie um einiges frischer aussah. Leicht ramponiert kam sich auch Kathrin Hansen vor, sie hatte am Abend mit Tina dann doch länger gequatscht, als sie eigentlich wollte, aber sie hatte das Gefühl gehabt, dass ihre Freundin Zuwendung brauchte. Nur Ava Sari, die gerade eine frisch aufgegossene Kanne Tee auf den Tisch stellte, wirkte wie immer frisch und agil. Und keiner von ihnen war traurig, das Kriminalrat Heidkamp kurzfristig die Telefonkonferenz um eine halbe Stunde nach hinten verschoben hatte. Er würde noch auf entscheidende Infos von

Europol warten, so hatte er durch seine Sekretärin ausrichten lassen.

»Die Zeit können wir nutzen, um die Fakten nochmals aufzuwärmen«, bestimmte Kathrin Hansen.

»Also, die Identifizierung des Toten hat eindeutig ergeben, dass es sich um Siggi King handelt. Der Mann ist uns bekannt und steht in Verbindung mit dem Tod von Linda Soest. King steht in dem Verdacht, dass er drogenabhängig war. Genaueres wird uns das Ergebnis der Obduktion sagen. Weiterhin haben wir die Vermutung, das King über den Tod von Linda Soest mehr wusste, als er uns gesagt hat. Möglicherweise hat er mitbekommen, wer ihr die Killerdroge verabreicht hat.«

Kathrin Hansen blickte ihren Stellvertreter Friedrichs an.

»Olli, du und Maike seit jedenfalls sicher, dass einer der Bodyguards von Tolski sich mit King auf der Toilette der Disko getroffen hat, dass die beiden gedealt haben. Richtig?«

Bestätigend nickte Friedrichs.

»Es sah zumindest eindeutig danach aus.«

Kathrin Hansen trank mit Genuss einen großen Schluck Kaffee aus der großen Tasse, die ihr Ava Sari hingestellt hatte. Tee war ja gut und schön, aber morgens brauchte sie ihren Kaffee, sonst kam sie nicht in die Pötte.

»Okay. Also weiter.

Nach dem Tod von Linda Soest eiern wir nun schon seit Tagen hinter Tolski und seinen Männern her. Eiern deshalb hinter ihnen her, weil wir keine stichhaltige Handhabe haben, um die Russen in die Mangel nehmen zu können.«

Kathrin Hansen blickte auf die große Wanduhr.

»Ich hoffe, dass sich das gleich ändern wird. Dass der Kriminalrat uns etwas liefert, womit wir die Brüder dran kriegen.«

»Wenn nicht, bringen wir das Video ins Spiel«, warf Maike Jansen ein. »Wir stellen den Verdacht auf, dass der Mann von Tolski, der sich offensichtlich mit King in der Disko getroffen hat, sein Mörder ist. Auch wenn die sich dann herauswinden, ihre Alibis müssen sie uns jedenfalls liefern.«

Leise stöhnte Kathrin Hansen auf.

»Grundsätzlich Maike, hast du ja recht, doch am Ende wird uns das nichts bringen. Die drei Typen geben sich gegenseitig ein Alibi und sind aus dem Schneider. Außer, wir können ihnen das Gegenteil beweisen.

Aber jetzt wieder zu King.

Frage: Warum wurde er getötet, eiskalt erschossen, und dann so entsorgt, dass man ihn finden musste? Seine Leiche hätte man ja auch irgendwo in den Dünen verscharren können.«

»Demonstration der Macht«, stieß Maike Jansen heraus.

»Protzerei!

Wer auch immer das getan hat, ist sich sicher, dass man ihm nichts kann, dass er unangreifbar ist.«

»Passt doch genau auf die Russen«, untermauerte Friedrichs ihre Ausführung.

»Sehe ich auch so«, stimmte Kathrin Hansen zu. »Aber King war ein unbedeutendes kleines Licht, eigentlich gar nicht wert, dass sich einer mit ihm viel Mühe gab. Was hat er gemacht, dass die eiskalte Wut des Killers ihn überrollt hat?«

»Erpressung«, legte Maike Jansen nach.

»King wollte von den Russen Drogen, hatte aber keine Kohle und hat es auf die harte Tour versucht. Er wurde an den Strand gelockt, erschossen und vor Ort direkt entsorgt. Besser ging es doch nicht.«

Wieder einmal ging es Kathrin Hansen durch den Kopf, das der hohe IQ von Maike Jansen sich in ihrer logischen Denke immer wieder bestätigte. Sie wollte noch einen Einwand vorbringen, als das Festnetz sich meldete.

Heidkamp, verkündete das Display.

Mit einem Kribbeln im Bauch nahm sie das Gespräch an und aktivierte den Lautsprecher.

Nichts.

Dann ein dröhnendes Geschlürfe, das Maike Jansen erschrocken zusammen fuhr. Belustigt grinste Kathrin Hansen. Ihre Kollegin wurde gegen diese Eigenschaft des Kriminalrates so langsam allergisch. Sie gab ihr einen Wink, sich den Kommentar zu sparen.

»Moin«, ließ sich endlich Heidkamp vernehmen.

»Wir haben etwas, womit wir den Russen am Arsch kriegen.«

Dann hörten sie, wie er sich seinen Tee, oder was auch immer es sein mochte, wieder genüsslich rein zog.

Resignierend verzog Maike Jansen das Gesicht. Sie gab es auf, wollte die guten Manieren, die sie in ihrem gepflegten Elternhaus eingepaukt bekommen hatte, vergessen. Sie haute auf die Tasten ihres iBook ein, als könnte sie diese darin löschen.

»Stanislav Koslov und Dmitri Petrow, das sind die Begleiter von diesem Tolski. Zwei ganz üble Burschen«, meldete sich Heidkamp wieder. »Beide sind die Handlanger des Russen. Ob für Mord, Drogenhandel, Erpressung oder was auch immer, die sind für alles gut. Und die russische Justiz hält sich dezent zurück. Es gab bis jetzt gegen die beiden weder eine Anklage noch eine Vorladung.«

»Klar, die Beamten werden alle ordentlich geschmiert«, warf Kathrin Hansen ein.

»Genau. Tolski wird sich da nicht knauserig zeigen. Aber wir haben doch was«, verkündete Heidkamp zufrieden. »Von Europol habe ich eben einen Haftbefehl per Fax bekommen. Ausgestellt auf Dmitri Petrow wegen Mordverdacht an einer Prostituierten in der Schweiz. Die Sache muss in einem Nobelhotel in Bern gelaufen sein. Tolski und seine beiden Bodyguards waren dort vor einer Woche geschäftlich unterwegs. Es gibt eine Augenzeugin des Hotelservice, die beschwört, dass sie gesehen hat, wie die Prostituierte in das Zimmer von Petrow gegangen ist. Am anderen Tag wurde die Edelnutte im Wäschekeller des Hotels bei der schmutzigen Wäsche gefunden. Ihr wurde das Genick gebrochen.«

Kathrin Hansen wurde es flau im Magen.

Verstohlen sah sie zu ihren Leuten hin, sie durfte sich gar nicht vorstellen, dass diese mit Tolski und seinen Killern aneinander geraten könnten.

»Tolski und seine Männer waren zum Zeitpunkt des Auffindens der Toten bereits wieder in Russland«, erklärte Heidkamp weiter.

»Unerreichbar für die Schweizer Behörde. Die Anträge von Europol an die Staatsanwaltschaft in St. Petersburg versickerten irgendwo im russischen Aktendschungel. Für die Anwälte von Tolski waren das alles nur Hirngespinste. Durch nichts zu beweisen, so ihr Kommentar. Trotzdem hat ein hartnäckiger Schweizer Staatsanwalt einen internationalen Haftbefehl gegen Dmitri Petrow erwirkt.

Und damit kriegen wir ihn.«

Als Bestätigung veranstaltete Heidkamp eine wahre Orgie, als er sich wieder an etwas Trinkbares verging. Kathrin Hansen dachte daran, dass einer der Hauptaufgaben seiner Sekretärin darin bestehen müsste, laufend den Flüssigkeitsbedarf ihres Chefs zu decken.

In der Runde blieb es einen Moment still. Was da auf sie zukam, musste erst einmal verdaut werden. Allen war klar, dass die Verhaftung des Killers extrem gefährlich werden konnte. Friedrichs überlegte schon fieberhaft, wie er es drehen konnte, um Maike Jansen aus der Sache heraus zu halten. Ihm reichte es noch, wenn er daran dachte, wie eng es beim letzten Fall für sie gelaufen war.

»Ich lasse ein Sonderkommando einfliegen«, hörten sie dann aber schon Heidkamp sagen. Und als ob er gesehen hätte, wie Kathrin Hansen bereits zu einem Protest ansetzte, schob er nach, dass darüber nicht zu diskutieren sei. Grundsätzlich gab ihm Kathrin Hansen ja Recht. Bei dem Gedanken, dass eine kampfbereite Truppe in Langeoog einfallen würde, bekam sie allerdings Horrorvorstellungen. Das wäre eine Aktion, die sie den Feriengästen nicht mehr als Übung verkaufen könnten.

»Heißt das, dass nur für Dmitri Petrow ein Haftbefehl besteht?«

»Leider ja. Nur Petrow konnte mit dem Mord an der Prostituierten in Verbindung gebracht werden, was da wirklich mit der Frau im Hotelzimmer gelaufen ist, ob der Kumpel von Petrow oder vielleicht sogar Tolski mit im Spiel waren, weiß ja keiner. Vielleicht haben die eine Orgie veranstaltet, die mächtig aus dem Ruder gelaufen ist.«

»Na, super«, knurrte Kathrin Hansen frustriert. »Solche Leute haben hier auf der Insel ein feudales Ferienhaus, nur weil sie genug Kohle haben.«

Sie wollte schon Heidkamp zu der Aktion mit dem Sonderkommando zustimmen, als ihr blitzartig ein Gedanke durch den Kopf schoss.

Vielleicht war das ja die Lösung.

Vielleicht konnte sie es doch noch so hinbiegen, dass der Einsatz einer Kampftruppe auf Langeoog vermieden werden konnte.

Auf dem Weg zum Kavalierpad konnte Kathrin Hansen das flaue Gefühl, das sie hatte, nicht unterdrücken. Ihre Gedanken waren bei Friedrichs, der Tolski und seine beiden Bodyguards nach Wittmund begleitete. Heidkamp hatte sich anfangs schwer getan, ihren Vorschlag anzunehmen, dann aber, wenn auch skeptisch, zugestimmt. So ganz überzeugt, das Tolski es schlucken würde, dass er Linda Soest identifizieren müsste, war Heidkamp nicht gewesen. Doch das Argument, dass die Tote keine Papiere bei sich hatte und die Behörde auf eine zweite Identifizierung bestand, hatte schließlich Tolski überzeugt. Als Heidkamp ihn dann noch als Dank für sein Bemühen zu einer Golfrunde eingeladen hatte, war die Sache gelaufen. Kathrin Hansen konnte sich allerdings nicht vorstellen, dass nach der Festnahme von Dmitri Petrow sein Boss noch Laune auf eine Golfrunde haben würde. Tolski würde sofort erkennen, dass er gelinkt worden war, um ihn und seine Bluthunde von der Insel zu locken.

»Du bist mit deinen Gedanken in Wittmund?«, hörte sie Maike Jansen sagen, die neben ihr her ging.

»Stimmt, ich hoffe, die Verhaftung von Petrow verläuft ohne Probleme.«

»Kathrin, es sind GSG Leute, die ihn verhaften«, beruhigte sie Maike Jansen, »die verstehen ihr Geschäft. Heidkamp hat alles gut geplant.«

»Trotzdem. Friedrichs ist mit von der Partie und man weiß ja nie.«

Maike Jansen ging es genauso, auch sie dachte an Friedrichs und hoffte, dass er sich bei der Festnahme des Killers zurückhalten würde. Spontan fasste sie ihre Chefin am Arm und meinte, alles würde gut.

»Ich habe allerdings die Befürchtung, das Tolski und sein zweiter Mann nicht auf die Insel zurückkommen, dass sie sich absetzen«, gab sie zu bedenken.

»Das glaube ich nicht, mit Sicherheit hat Tolski in seinem Haus persönliche Dinge, die er nicht so einfach zurücklassen will«, antwortete Kathrin Hansen.

»Wenn der wüsste, dass wir seine Bude auf den Kopf stellen, der würde ausrasten«, meinte Maike Jansen grinsend. »Das mit dem Durchsuchungsbeschluss hat unser Kriminalrat echt gut hin bekommen.«

»Dies war aber auch nur deshalb möglich, weil Richter Weishaupt ein alter Golffreund von Heidkamp ist. Die Aktion ist schon grenzwertig und ich kann nur hoffen, dass wir belastendes Material bei Tolski finden.«

Im Kavalierpad fielen ihnen dann sofort drei Sonderbeamte in Zivil auf. Mit einem Schäferhund an der Leine standen sie wie bestellt und nicht abgeholt vor dem Tolski Anwesen.

»Verdammt«, knurrte Kathrin Hansen, »noch auffälliger geht es ja wohl nicht.«

Holger Schneider, der Chef der Truppe, stellte sich und seine beiden Beamten vor, erklärte wie sie vorgehen wollten, wobei seine klare, präzise Denke Kathrin Hansen dann allerdings gefiel. In kaum einer Minute hatte der IT Experte die Alarmanlage deaktiviert und sie konnten ins Haus. Die Eingangshalle war so, wie Kathrin Hansen sie in Erinnerung hatte, glaubte diesmal allerdings die missbilligenden Blicke der Mitglieder des Tolski Clans zu spüren, die aus ihren goldenen Rahmen auf sie herab starrten. Sie warf einen schnellen Blick auf das Portrait der Mutter von Tolski und konnte kaum glauben, dass diese sanft wirkende Frau ein solches Monster zur Welt gebracht hatte.

»Wir fangen unten an«, unterbrach Schneider ihre Gedanken. »Wenn es hier Drogen oder Sprengstoff gibt, wird Franka sie finden.« Er tätschelte das Fell der Schäferhündin und gab seinen Kollegen einen Wink mit der Suche zu beginnen.

»Okay, dann sehen wir uns die oberen Räumlichkeiten an«, erklärte Kathrin Hansen. Sie wollte den Beamten bei ihrer Arbeit nicht in den Füßen stehen.

»Wir fangen mit dem Gästezimmer an, das Linda Soest bewohnt hat«, entschied sie und ging die mit einem hellen Velourteppich belegte Treppe hoch.

Seit tags zuvor, an dem sie die Sachen der jungen Frau mitgenommen hatten, schien sich in dem Zimmer nichts mehr getan zu haben. Ein Hauch des exotischen Parfums, das Linda Soest benutzt hatte, schwebte noch in der Luft und ein Stich fuhr Kathrin Hansen durchs Herz, als sie daran dachte, dass der junge Körper von Linda aufgeschnitten und ausgenommen in der Pathologie lag. Gleichzeitig kam Wut bei ihr auf und sie nahm sich vor, nicht eher dieses Haus zu verlassen, ehe sie was in der Hand hatte, womit sie Tolski hinter Gitter bringen konnte. Eingesperrt, für den Rest seines beschissenen Lebens.

»Ich glaube, hier wurde nochmals gründlich geputzt«, unterbrach Maike Jansen ihre emotionalen Gefühle. »An Linda Soest soll kein Stäubchen mehr erinnern. Tolski hat sie aus seinen Gedanken verbannt.«

Wie erwartet, ergab die Durchsuchung dann auch nichts Neues mehr. Neben Lindas Zimmer gab es zwei weitere Räume, die den Sachen nach, die darin herum lagen, von den Bodyguards benutzt wurden. Bei der Durchsuchung des ersten Zimmers ließ Maike Jansen plötzlich ein überraschtes »Bingo« hören.

»Kathrin, wir sind fündig«, rief sie euphorisch und zeigte auf die aufgezogene Schublade. Darin standen in Reih und Glied kleine Kunststoffbeutel, sorgfältig gefüllt mit einem weißen Pulver.

»Wetten, dass das Koks ist?«, meinte Maike Jansen und hatte schon ihr Handy in der Hand um die Kollegen mit dem Spürhund zu informieren.

»Dann ist das hier bestimmt das Zimmer von Koslov, der mit King gedealt hat«, meinte Kathrin Hansen. »Damit hätten wir ihn am Haken.« Ein Ruck ging durch ihren Körper und mit zusammen gekniffenen Augen blickte sie Maike Jansen an. »Aber ich will Tolski, das Schwein soll sein Ferienhaus das letzte Mal gesehen haben.«

Sie durchsuchten weiter die Schubladen, Kleidungsstücke und Wäsche von Koslov, wobei nichts Belastendes mehr raus kam. Danach nahmen sie sich das Zimmer von Petrow vor. Im Gegensatz zu dem penibel aufgeräumten Raum seines Kumpels sah es dort aus wie in einem Saustall. Auf einem Stuhl türmte sich schmutzige Wäsche, mit Zigarettenkippen gefüllte Glasschalen standen herum und eine leere Wodkaflasche schmückte die Fensterbank. Mit Widerwillen durchsuchten sie die ekligen Klamotten und dachten schon, das war es, als Kathrin Hansen im untersten Fach des Einbauschrankes dann doch noch einen Metallkoffer entdeckte. Etwas größer als ein normaler Aktenkoffer sah er nicht danach aus, als ob sich Akten oder ähnliches darin befinden würden. Was Kathrin Hansen sich bei einem Mann wie Petrow auch schlecht vorstellen konnte. Behutsam zog sie den Koffer heraus und als sie merkte, wie schwer er war, bekam sie eine Vorahnung, was sie zu sehen bekämen. Auf jeden Fall war Petrow sicher gewesen, dass in seinen Sachen keiner herumstöbern würde, er hatte es nicht für nötig befunden, das digitale Zahlenschloss zu aktivieren.

»Kathrin, ich werde verrückt«, stieß Maike Jansen heraus. »Das hier ist ein High Tech Gewehr präzisester Technik. Auf meiner letzten Schulung haben wir so ein Teil gecheckt. Wahnsinn. Die Dinger werden nur von absoluten Profis benutzt und kosten ein Schweinegeld. Alleine das Zielfernrohr mit Infrarot ist dass modernste auf dem Markt. Bis auf etwa fünfhundert Meter kann man dir damit eine Fliege von der Nase schießen.«

Ehe Kathrin Hansen sich das mit der Fliege auf ihrer Nase genauer vorstellen konnte, brummte ihr Handy und Schneider, der Einsatzleiter, meldete sich.

»Ich glaube, das hier müssen Sie sich mal ansehen«, sagte er mit belegter Stimme und bat sie in das Untergeschoss zu kommen. Wenn schon der Anblick der Killerwaffe ein Schock war, ahnte Kathrin Hansen beim Tonfall des Kollegen, dass es noch härter kommen würde. Ihr kam der Gedanke, ob sie nicht Heidkamp anrufen sollte, damit er Tolski und Koslov in Wittmund festsetzen sollte. Doch ihr wurde klar, so einfach würde das nicht gehen und beschloss abzuwarten, bis sie gesehen hatte, was der Einsatzleiter ihr zeigen wollte.

Als sie in den mit Monitoren und Terminals vollgestopften Raum hinein gingen und auf einen Wandmonitor blickten, blieben sie entgeistert stehen. Es dauerte eine Schrecksekunde bis sie erfassten, was da ablief. Mit weit aufgerissenen Augen stierte ihnen Siggi King entgegen, wobei ihm der Rotz aus der Nase lief und er Unverständliches vor sich hin sabberte.

»Himmel, was ist das?«, stieß Maike Jansen heraus.

Kathrin Hansen fühlte, wie ihr Mund trocken wurde. Ihr wurde schlagartig klar, was geschehen würde. Sie wollte Maike Jansen raten, sich das nicht weiter anzusehen, als der mächtige Körper von King auf die Knie sackte. Erschüttert sahen sie, wie man seinen Kopf mit brutaler Gewalt nach unten presste und ihm eine Pistole in den Nacken drückte. Der Schuss, der sein Leben beendete, dürfte King nicht mehr gehört haben.

Es blieb lange still im Raum. Selbst die abgebrühten Ermittler waren erschüttert. Kathrin Hansen nahm Maike Jansen in die Arme, spürte, wie die Schultern der jungen Frau bebten und wünschte, sie hätte ihr das ersparen können.

10. KAPITEL

Völlig fertig schloss Kathrin Hansen die Eingangstür ihres Hauses auf und wünschte sich nur noch Ruhe. Am liebsten hätte sie sich ins Bett verkrochen, wusste aber, dass das nichts bringen würde. Sie musste erst runterkommen, musste den Müll, durch den sie an dem Tag gestapft war, irgendwie entsorgen. Erleichtert nahm sie den verführerischen Duft wahr, der ihr aus der Küche entgegen strömte. Sie hatte, als der Feierabend absehbar wurde, Hindrik angerufen und ihn gefragt, ob er etwas zu Essen machen könnte. Sie wäre schon mit etwas Kleinem zufrieden. Den ganzen Tag hatte sie praktisch nur von Kaffee gelebt und ihr Magen drohte zu kollabieren. Von ihrem zerrissenen Nervenkostüm ganz zu schweigen.

Kaum hatte sie in der Diele ihre Schuhe abgestreift, als auch schon Hindrik in der Tür erschien. Und wie immer musste sie ihm erst gar nicht sagen, was für einen Tag sie gehabt hatte, sein besorgter Blick sagte genug. Ohne ein Wort zu sagen nahm er sie in seine Arme und hielt sie lange fest. Es hätte nicht viel gefehlt und Kathrin Hansen hätte angefangen zu heulen. Doch sie wusste, wie Hindrik mit ihr litt und es reichte. Der Sack war voll. Langsam löste sie sich von ihm und fragte, ob sie vor dem Essen noch schnell duschen könnte. »Ich komme mir vor, als ob ich durch Kloake gekrochen wäre.«

»Klar, zehn Minuten brauche ich auch noch, aber dann können wir essen.«

Zwischendurch kam Hindrik ins Bad und reichte ihr ein Glas Wein. »Zum Runterkommen«, meinte er fürsorglich und war dann wieder weg. Kathrin Hansen entschied sich für ein weites, langes Shirt und atmete tief durch, als sie auf die Terrasse ging. Ein Gefühl der Freiheit erfasste sie und reglos blickte sie auf das Meer. Wieder einmal wurde ihr bewusst, in welch einem Rahmen ihr Leben sich abspielte. Das sie täglich das Privileg hatte, in einer Symbiose mit einer intakten Natur leben zu dürfen. Auch wenn die Naturgewalten sie schon mal daran erinnerten, wie klein sie selbst war. Diese Dinge gehörten nun mal dazu.

Sie spürte, das Hindrik hinter sie getreten war und seine Hände auf ihre Schultern legte. Einen Moment blieben sie so gedankenverloren stehen und als Hindrik ihren Nacken küsste, lief ein wohliger Schauer über ihren Rücken. So hätte sie es noch eine Weile aushalten können, als Hindrik schließlich ans Essen erinnerte. Er bugsierte sie auf ihren Stuhl, füllte Wein nach und hievte dann die alte eiserne Bratpfanne auf den Tisch.

»Ich werde verrückt«, strahlte Kathrin Hansen, als sie sah, was Hindrik zubereitet hatte. Neben krossen Bratkartoffeln, bedeckt mit dunkel gerösteten Zwiebelringen, gab es gebratenen Seelachs und dazu Lauchgemüse in Butter gedünstet. Wahnsinn. Ein Essen wie sie es liebte. Einfach, deftig, und der trockene Weiße aus Franken passte perfekt dazu. Während Hindrik erzählte, wie es bei ihm im Erholungsheim gelaufen war, langte sie beim Essen ordentlich zu und freute sich, dass das Pilotprojekt mit den Flüchtlingen so toll klappte. Insgeheim hatte sie die Befürchtung gehabt, dass die Menschen aus den Kriegsgebieten Hindrik vor unlösbare Probleme stellen könnten. Immer wieder hatte sie daran denken müssen, dass er es mit Menschen zu tun hatte, die durch entsetzliches Kriegsgeschehen psychisch gestört waren. Alle fast noch Kinder, hatten sie miterleben müssen, wie ihre Eltern und Geschwister auf unvorstellbar grausame Weise getötet wurden. Und dann noch die Flucht. Alleine, als Beute jeglicher Gewalt ausgesetzt.

Aber Hindrik und sein Team hatten es geschafft. Sie hatten das Vertrauen dieser jungen traumatisierten Menschen gewonnen. Gaben ihnen das Gefühl, in Sicherheit zu sein. Boten ihnen ein Stückchen Heimat, so weit dies überhaupt möglich war. Und wenn sie selbst mit ihrem Frust und blanken Nerven nach Hause kam, war Hindrik dann auch noch für sie da. Seine persönlichen Probleme stellte er immer zurück, ließ sie möglichst nicht an sie heran kommen.

Impulsiv nahm Kathrin Hansen ihr Glas und stieß mit Hindrik an.

»Gut, dass es dich gibt«, sagte sie leise und merkte, wie ihre Augen feucht wurden.

Nachdem sie den Tisch abgeräumt hatten, setzten sie sich in die bequemen Terrassenstühle und Kathrin Hansen konnte nicht dagegen an, dass sie plötzlich wieder an die Hinrichtung von King denken musste. Sie sah die Bilder vor sich, die das Video ausgespuckt hatte. Hastig griff sie nach dem Glas und wollte an das alles nicht mehr denken.

Nicht jetzt.

Der Abend war zu schön.

Sie durfte ihn Hindrik nicht kaputt machen.

»Komm, lass es raus«, murmelte er in dem Moment und griff nach ihrer Hand.

»Was macht dich so fertig?«

Wie immer, hatte er ihren Stimmungswandel gespürt und wollte ihr helfen. Und vielleicht, fuhr es Kathrin Hansen durch den Kopf, würde es ihr gut tun, mit ihm über die Sache zu reden. Auch im Hinblick der Öffentlichkeit, die nach den jüngsten Erkenntnissen kaum noch außen vorgelassen werden konnte. Hindrik war objektiv, neutral, und sah die Dinge oft anders, als sie diese dienstlich einordnen musste.

»Der Fall, den wir befürchtet haben, ist eingetreten«, begann sie leise zu berichten. »Wir haben es bei dem Russen Lucas Tolski und seinen Leuten mit eiskalten Profikillern zu tun.« Sie berichtete von den Drogen und dem Präzisionsgewehr, das sie gefunden hatten und schilderte stockend die Szenen des Hinrichtungs-Videos.

»Außerdem hat Tolski seine Gäste gefilmt. In den Decken der Gästezimmer und Bäder sind Kameras eingebaut. Äußerlich sind sie so gut wie nicht von den Deckenstrahlern zu unterscheiden. Wir sind nur darauf gekommen, weil wir die Szenen auf dem Computer gefunden haben. Dann scheint er auch im schmutzigen Filmgeschäft dicke drin zu hängen. Eine ganze Litanei von Filmen zeigen Hardcore Szenen, bei denen es einem zum Kotzen übel wird. Wir haben es also mit einem ganz dicken Fisch zu tun.«

»Und, habt ihr den Mann schon festgesetzt?«

»Das ist ja das Zermürbende. Es fehlen stichhaltige Beweise. Im Falle einer Verhaftung wäre Tolski im Nu wieder draußen. Stinkreich wie der ist, kann er sich ein Heer der besten Anwälte leisten. Selbst das Video von der Hinrichtung des DJ würden seine Anwälte mit der Begründung zerreißen, dass ihm das Band durch Hacker auf den Computer überspielt wurde. Da auf den Szenen kein Täter zu erkennen ist, gibt es keinen direkten Bezug zu ihm. Und für die Fundsachen in den Zimmern seiner Bodyguards kann man ihn auch nicht dran kriegen.«

»Aber«, verwirrt schüttelte Hindrik den Kopf. »Wie wollt ihr den Mann denn überhaupt festnageln? Es kann doch nicht sein, dass er so davon kommt.«

»Wir haben einen seiner Männer verhaftet. Der steht in dem Verdacht, in der Schweiz eine Prostituierte ermordet zu haben. Ihm wird man einen Deal anbieten: Strafmilderung für eine Aussage gegen Tolski. Er wird aussagen, davon bin ich überzeugt. Und seinen Kumpel, der Typ mit den Drogen, kriegen wir auch noch dran. Sobald der Haftbefehl ausgestellt ist, schnappen wir ihn uns. Heißt zusammenfassend, dass wir Tolski über die belastenden Aussagen seiner Leute festsetzen werden. Dazu gehört auch der Mord an der jungen Frau in der Disko. Seine super Anwälte können sich dann auf den Kopf stellen, aus der Nummer kriegen sie ihn nicht mehr raus.«

»Aber bis dahin darf er euch nicht durch die Lappen gehen«, gab Hindrik zu bedenken.

»Wird er nicht. Heidkamp lässt ihn rund um die Uhr observieren. Auch hier auf der Insel.«

»Das heißt, ihr seid draußen?«, meinte Hindrik hoffnungsvoll.

»Ja. Zumindest was seine Beschattung anbelangt. Ich hoffe nur, dass der Russe nicht bemerkt, dass wir seine Hütte durchsucht haben. Wir sind zwar äußerst behutsam vorgegangen, die Fahnder haben auch den Computer wieder auf das alte Datum manipuliert und die Alarmanlage eingeschaltet, aber man weiß ja nie.«

Seufzend streckte sich Kathrin Hansen. Sie spürte plötzlich, dass sie doch richtig geschafft war und meinte zu Hindrik, sie wäre reif fürs Bett.

Gerade war sie auf dem Weg zur Dienststelle, als das Handy ihre Gedanken an die bevorstehende Besprechungsrunde unterbrach.

»Kathrin, du hattest recht.«

Tina Lütjes hörte sich super gut gelaunt an. Das Hochgefühl in der Stimme ihrer Freundin war nicht zu überhören. Bestimmt hatte sie einen schönen Abend gehabt.

»Meine Verdächtigungen wegen Hannes waren absolut blöd von mir«, sprudelte es aus Tina heraus.

»Wegen der Sandra Weber, die ich mit ihm gesehen habe, du weißt noch?«

»Und ob, als wenn ich das vergessen hätte.«

»Also, die Ärmste hat mit starken Depressionen zu tun. Ihr Mann hat sich mit einer anderen abgesetzt und sie ist nun völlig von der Rolle. Sie hat das Hannes erzählt, sonst hat sie ja niemanden, und na ja, du kennst ihn ja. Bei einem Spaziergang am Strand wollte er ihr gut zureden und ihr anbieten, sich schon mal mit uns zu treffen. Damit sie auf andere Gedanken kommt. Kathrin, bin ich froh, dass ich auf deinen Rat gehört habe und ihm meinen Verdacht mit dem Fremdgehen nicht an den Kopf geworfen habe. Das wäre echt mies von mir gewesen.«

»Super, dann ist ja alles gut.«

Erleichtert atmete Kathrin Hansen auf.

»Hannes und Fremdgehen, das hätte ich mir auch nicht denken können. Bin ich froh, dass dieses Thema vom Tisch ist. Aber Tina, ich muss jetzt Schluss machen, ich komme gerade in der Dienststelle an und habe gleich eine Besprechung. Ich melde mich später noch mal.«

Schon als Kathrin Hansen in die Gesichter ihrer Leute blickte, merkte sie, dass etwas nicht stimmte.

Etwas ganz und gar nicht stimmte.

Friedrichs hing wie ein Häuflein Elend auf seinem Stuhl und selbst Ava Sari, die sonst immer gut drauf war, erwiderte ihren Blick mit feuchten Augen. Maike Jansen blickte belämmert zu Friedrichs und es war deutlich, dass sie mit ihm litt.

»Olli, was ist los?«, sagte sie und blickte ihren Stellvertreter mit einem mulmigen Gefühl an.

»Ich habe es vermasselt«, presste Friedrichs heraus.

»Echt dämlich vermasselt. Nach der Verhaftung von Petrow hat sich Koslov mit einem Taxi abgesetzt.«

Erleichtert atmete Kathrin Hansen auf. Sie hatte schon befürchtet, es hätte bei der Verhaftung von Petrow Schwierigkeiten gegeben. Im Geiste hatte sie sich schon eine wilde Schießerei vorgestellt. Aufmunternd blickte sie in die Runde und bat Ava Sari eine große Kanne Tee aufzuschütten.

»Beruhigungstee«, meinte sie grinsend und nahm sich eins von den Croissants, die ein guter Geist spendiert hatte. Sie wollte dann Genaueres von Friedrichs hören, als das Festnetz sich meldete.

Heidkamp, verkündete das Display.

Auch gut, der Kriminalrat kam ihr gerade recht. Sie aktivierte den Lautsprecher und meldete sich.

»Moin, wir haben ihn«, gab Heidkamp gut gelaunt von sich. Und was für ein Wunder, sein sonst so übliches Geschlürfe blieb ihnen diesmal erspart. Mit Seitenblick zu Maike Jansen registrierte Kathrin Hansen, dass diese ungläubig auf den Lautsprecher starrte.

»Das Taxi von Koslov wurde auf der Autobahn in Richtung Wilhelmshaven von den Kollegen der Autobahnwache gestoppt«, erklärte Heidkamp weiter.

»Sein Kumpel Petrow hat ausgesagt, dass die Drogen in dem Gästezimmer Koslov gehören und aufgrund dessen können wir ihn für vierundzwanzig Stunden festsetzen. Ich denke, in der Zeit werden wir einen Haftbefehl gegen ihn auf dem Tisch liegen haben.«

»Klappte seine Verhaftung problemlos?«, fragte Kathrin Hansen besorgt.

»Und ob«, meinte Heidkamp geradezu fröhlich.

»Irgendwie ahnte der Taxifahrer, dass mit seinem Passagier was nicht stimmte und hat eine Anfrage per App an die Dienststelle in Wittmund geschickt. Der Rest war dann Routine. Das Taxi hielt an einem vorgegebenen WC an der

Autobahn, wo eine Sondereinheit Koslov feierlich in Empfang nahm.«

»Dann wird Tolski ja höllisch sauer sein, dass ihm seine Bluthunde abhanden gekommen sind und er alleine nach Langeoog zurück fahren musste«, äußerte sich Kathrin Hansen zufrieden.

»Höllisch sauer wegen den beiden Typen okay, aber alleine ist der nun gerade nicht«, korrigierte Heidkamp.

»Tolski hat sich was Nettes für sein einsames Herz mitgenommen.«

Irritiert sah Kathrin Hansen Friedrichs an und seiner Mimik entnahm sie, dass es noch einige Dinge zu klären gab. Vor Heidkamp wollte sie diese aber nicht aufgreifen sondern fragte den Kriminalrat, wie es seiner Meinung nach mit Tolski weiter gehen sollte. Immerhin stand der Russe unter Mordverdacht. Und das war ja noch nicht alles.

»Maximal drei Tage«, knurrte Heidkamp, »und wir haben den Haftbefehl für den feinen Herrn. Bis dahin werden seine Männer gegen ihn ausgepackt haben. Spätestens, wenn wir ihnen den Mord an King anhängen, werden sie umkippen. Loyalität ihrem Boss gegenüber hin oder her, das eigene Hemd wird ihnen näher sein. Sie werden auf einen Deal eingehen.«

Und dann kam es doch, das bekannte grauenvolle Geschlürfe, als Heidkamp genussvoll sich an irgendwas Trinkbarem verging. Für Maike Jansen, die sonst darauf hochsensibel reagierte, wirkte es wie eine Erlösung.

Alles lief wieder in der normalen Spur.

»Inwieweit können wir agieren«, meinte Kathrin Hansen. »Sollen wir die Kollegen, die Tolski observieren, unterstützen?«

»Nein.

Ihr bleibt im Hintergrund.

Unsichtbar.

Tolski muss den Eindruck haben, dass es uns nur um seine Leute ging.«

»Na, dann können wir nur hoffen, dass er nicht bemerkt, dass wir in seinem Haus herumgeschnüffelt haben«, bemerkte Kathrin Hansen trocken.

»Dass wir nichts von dem Killer Video wissen, das auf seinem Rechner ist.«

»Okay, das Risiko besteht«, gab Heidkamp zu. »Aber ich rechne sowieso damit, dass er in den nächsten Tagen die Insel verlassen will. Er wird sich nochmals ordentlich austoben wollen, danach seine Klamotten packen und schnellstens versuchen, in sein sicheres Mütterchen Russland zu kommen.«

»Warum macht er das eigentlich nicht direkt«, warf Friedrichs ein. »Er muss doch damit rechnen, dass seine Leute gegen ihn aussagen und er festgenommen wird.«

»Wetten, dass er das alles schon mit seinen Anwälten geklärt hat«, antwortete Heidkamp.

»Der Mann ist sich sicher, dass wir ihm nichts können. Und dann geht es ihm natürlich um seine Ehre. Ein Tolski lässt nicht sein mehrere Millionen schweres Haus fluchtartig zurück. Im Bewusstsein seines Reichtums und seiner mit Sicherheit bestehenden diplomatischen Beziehungen fühlt er sich unangreifbar. Aber wir werden ihn kriegen. So richtig schön am Arsch kriegen.«

Ehe Kathrin Hansen ihre Bedenken äußern konnte hörten sie im Büro von Heidkamp aufgeregtes Palaver. Irgendetwas ging da vor sich. Der Kriminalrat entschuldigte sich mit dem Kommentar, dass im Moment ja alles gesagt sei und beendete das Gespräch.

»Na, toll«, murrte Maike Hansen frustriert. »Unser Herr Kriminalrat hat entschieden und wir sind draußen.«

»Maike, das ist unfair«, verteidigte Kathrin Hansen ihren Chef. »Heidkamp hat recht, wenn er sagt, das wir mit den Indizien alleine Tolski nicht ans Leder können. Er wäre innerhalb weniger

Stunden wieder frei und dann, das kannst du glauben, würde er für uns unerreichbar verschwinden.

Aber was anderes.«

Fragend blickte sie Friedrichs an.

»Olli, was ist in Wittmund geschehen? Was meinte Heidkamp damit, dass Tolski sich was Nettes für sein einsames Herz mitgebracht hätte?«

»Genau«, knurrte Friedrichs. »Nach der Verhaftung von Petrow war Tolski wie aufgedreht. Für ihn war die Verhaftung einer seiner Männer eine ätzende Niederlage. Ihm war klar geworden, dass wir ihn gelinkt hatten. Er war dabei, sein Gesicht zu verlieren. Zum Trotz ließ er eine Edelnutte, die er sich anscheinend reserviert hatte, nach Bensersiel kommen. Mit ihr im Schlepptau tat er anschließend dann so, als ob ihn die Geschichte mit der Verhaftung seines Bodyguards nicht sonderlich jucken würde.«

Hastig trank Friedrichs einen Schluck Tee.

»Und das nutzte Koslov aus. Als die Sünde von einer Frau mit dem Taxi am Hafen Bensersiel vorfuhr und sich alles auf sie konzentrierte, nutzte Koslov die Gelegenheit. Er setzte sich in das Taxi und weg war er. Selbst sein Chef hatte nicht damit gerechnet, seine Wut war garantiert nicht gespielt.

Nur ich hätte damit rechnen müssen.«

»Quatsch, Olli«, widersprach ihm Maike Jansen.

»Niemand hätte ahnen können, dass der Typ seinen Chef stehen lassen und verschwinden würde.«

»Genau«, unterstrich Kathrin Hansen die Meinung der Kriminalassistentin.

»Und jetzt ist Schluss mit dem Palaver, wir machen das, was Heidkamp gemeint hat.

Nämlich unseren ganz normalen Dienst.«

Hin und wieder warf Maike Jansen einen Seitenblick zu Friedrichs hin, sie hoffte, dass seine düstere Miene sich aufhellen würde. Dass Koslov sich vor seinen Augen abgesetzt hatte, schien ihm noch tief in den Knochen zu sitzen. Vor ihnen tauchte der Flugplatz auf und sie registrierte, dass zwei kleinere Sportflugzeuge am Rande des Flugfelds parkten. Anscheinend war nicht viel los, was bei dem schwer bewölkten Himmel nicht sonderlich überraschend war. Ihr kam in den Sinn, dass der Leiter des Flugplatzes einer der wenigen amtlichen Personen war, die sie auf der Insel noch nicht kennen gelernt hatte.

»Olli, hast du mit Heinz Petersen schon mal zu tun gehabt?«, fragte sie und bremste ihr Rad vor dem Eingang des Flughafengebäudes.

»Alter Kumpel von mir, wir waren zusammen in der Inselschule. Eine Zeit lang waren wir sogar befreundet, dann ist seine Familie aufs Festland gezogen und wir haben uns aus den Augen verloren. Aber Petersen wollte immer zurück nach Langeoog und vor drei Jahren hat er den Job am Flughafen bekommen. Zu seiner Amtseinführung war ich eingeladen und seit dem treffen wir uns schon mal auf ein Bierchen. Petersen ist ein Mann, auf den kann man sich verlassen. Er hat genau im Auge, wer auf der Insel landet und was hier vor sich geht.«

»Okay, dann wäre ja der Punkt, das Tolski sich nicht doch noch mit einer Maschine absetzen kann, geklärt«, kommentierte Maike Jansen zufrieden.

»Was meinst du, inwieweit sollen wir Petersen informieren, was es mit Tolski auf sich hat?«

»Wir sagen ihm, dass gegen Tolski ermittelt wird und wir auf den Haftbefehl warten. Dass der Mann die Insel nicht verlassen darf.«

Ehe Maike Jansen ihre Bedenken wegen der Gefährlichkeit des Russen äußern konnte, kam auch schon Petersen auf sie zu und begrüßte sie herzlich. Neugierig blickte er Maike Jansen an und Friedrichs stellte sie als seine Kollegin vor. Auf den ersten Blick war der Chef des Flughafens Maike Jansen sympathisch und sie hätte gerne sein Angebot auf einen Tee angenommen, doch sie hatten noch einiges zu tun. Friedrichs reichte

Petersen ein Foto von Tolski und erklärte ihm, um was es ging.

Mit gerunzelter Stirn betrachtete Petersen das Foto.

»Und so ein Mensch hat hier auf der Insel ein Haus? Macht hier einen auf Langeoog Fan? Solche Leute müsste man enteignen.«

»Tja, Heinz, wenn das mal alles so einfach wäre«, knurrte Friedrichs. Mit sorgfältig gewählten Worten klärte dann Maike Jansen den Flughafenleiter darüber auf, dass Tolski bewaffnet sein könnte und Petersen sich auf keine Konfrontation einlassen dürfe.

»Wir glauben allerdings nicht, dass der Russe sich blicken lässt«, meinte sie abschließend.

»Er ist gerade sehr beschäftigt«, grinste Friedrichs und fing sich einen finsteren Blick von seiner Kollegin ein.

Als nächstes stand der Besuch beim Hafenmeister auf der Liste. Vom Flughafen aus strampelten sie am Golfplatz vorbei und Maike Jansen registrierte Golfer, die als Dreier Flight intensiv bei ihrem Spiel waren. Spontan hielt sie ihr Rad an und Friedrichs, der neben ihr zum Stehen kam, blickte abwartend zu ihr hin, kniff die Augen zusammen und starrte in die Sonne, die hoch über ihnen stand.

»Wir könnten uns eigentlich ein paar Minuten gönnen«, meinte er und zeigte auf die Bank, die wenige Schritte entfernt stand.

»Olli, klasse Idee«, stimmte Maike Jansen fröhlich zu und pflanzte sich auch schon auf das gute Stück. Eine Weile beobachtete sie, wie die Spieler konzentriert versuchten, die Golfbälle in Richtung Grün zu schlagen, wobei sie das »Scheiße«, das ein Spieler von sich gab, als sein Ball im Gebüsch verschwand, nicht so toll fand. Sie erinnerte sich, dass ihr Vater, der auch ein begeisterter Golfer war, jedes mal kurz vor dem Durchdrehen stand, wenn sein Handicap in Gefahr geriet. Mit der sogenannten Etikette war dann nichts mehr. Als er einmal meinte, sie könnte doch beim Jugendgolf mitmachen, war der Stress, den er verursachte, dann auch der Grund gewesen, das sie abgelehnt hatte.

Plötzlich fuhr ihr ein Gedanke durch den Kopf. Verstohlen blickte sie zu Friedrichs hin und rang mit sich, ob sie den Schritt machen sollte. Ob sie einmal über ihren Schatten springen sollte. In der Vergangenheit hatte sie es vermieden, sich an einen Sport zu binden, sie war gerne unabhängig und wollte in ihrer Freizeit machen, was ihr gerade in den Kram passte.

Bis vor kurzem war das so.

Auf Langeoog hatte sich das geändert.

Olli Friedrichs war in ihr Leben getreten.

»Hast du schon mal Golf gespielt?«, fragte sie ihn und dachte, jetzt käme wieder das mit einem alten Kumpel oder so etwas in der Art. Sein »Nein«, war dann fast schon eine Überraschung für sie.

»Hast du keine Lust an dem Sport gehabt?«, bohrte sie nach.

»Und ob, aber«, Friedrichs rieb Daumen und Zeigefinger aneinander, »das war zuhause vom Budget her nicht drin. Und später war ich eine Zeitlang auf dem Festland, Polizeischule und so, mit Golfen war da auch nichts.«

»Mensch, Olli, das wäre aber doch etwas, das wir zusammen machen könnten«, sprudelte es aus Maike Jansen heraus. »Stell dir vor, nach Dienstschluss sind wir in zehn Minuten auf dem Golfplatz, bewegen uns in der frischen Luft und üben einen tollen Sport aus. Das wäre doch wahnsinnig schön.«

Richtig begeistert von der Idee drückte sie Friedrichs einen Kuss auf die Backe, hielt seine Hand fest gedrückt und beobachtete, wie eine Spielerin auf dem Grün mit zwei Putts ihren Golfball einlochte.

»Na, ja«, druckste Friedrichs herum. »Das kostet im Jahr schon einiges an Kohle und dann kommt noch die Ausrüstung hinzu.«

»Die Ausrüstung übernehme ich«, sagte spontan Maike Jansen.

»Die schenkt uns mein Opa.«

»Schenkt uns dein Opa?«

Sichtlich irritiert blickte Friedrichs sie mit großen Augen an.

»Wie kann ich das verstehen?«

»Also, es ist so, dass mein Opa, als er gestorben ist, mir sein gesamtes Vermögen vererbt hat. Nur mir, seiner einzigen Enkelin. Deshalb gab es auch einen Riesenknatsch in der Familie. Natürlich nicht mit meinen Eltern, da gab es andere, die sich was vom Erbteil erhofft hatten. Auf jeden Fall habe ich soviel Kohle, ich müsste eigentlich gar nicht arbeiten.«

»Wahnsinn, das hast du ja nie erwähnt. Und dann gibst du dich mit so einem armen Wattwurm wie ich es bin, ab?«, quetschte Friedrichs heraus und Maike Jansen sah ihm deutlich an, was für Gedanken sich in seinem Kopf festsetzten. Behutsam tippte sie ihm mit der Fingerspitze an die Stirn und sah ihn durchdringend an.

»Genau deshalb Olli, habe ich nichts gesagt. Genau wegen den Gedanken, die dir gerade durch den Kopf geistern. Aber auf Dauer hätte ich mit dem Gedanken, dir das verschwiegen zu haben, nicht leben können. Mehr und mehr fühle ich mich unehrlich an.

Aber jetzt ist es heraus.«

Kurz blickte Maike Jansen zum Golfplatz hinüber und registrierte, dass die Spieler nicht mehr zu sehen waren. Schnell rutschte sie auf den Schoß von Friedrichs und ehe er überhaupt begriff, was geschah, hatte sie die Arme um seinen Kopf gelegt und küsste ihn lange und leidenschaftlich. Als sie sich schließlich von ihm löste bemerkte Friedrichs, dass ihre Augen feucht waren und sie ihn ängstlich anblickte. Augenblicklich begriff er, warum sie nie von ihrem Geld gesprochen hatte. Begriff, dass sie Angst hatte, dass dieser Umstand ihn so abschrecken könnte, dass er sie nicht mehr wollte. Er spürte den Stich, der ihm durch die Brust fuhr und hätte sich ohrfeigen können. Ohne ein Wort zu sagen nahm er sie ganz fest in seine Arme, blieb lange mit ihr so sitzen und meinte schließlich, das mit dem Golfen wäre eine wirklich tolle Idee. Und ihr Opa würde sich bestimmt darüber freuen.

Wie schon bei Petersen, klärten Friedrichs und Maike Jansen auch den Hafenmeister Hein Larsen über Tolski auf und überreichten ihm mehrere Fotos. Am Fährbetrieb war die Überwachung bei weitem nicht so einfach wie am Flughafen. Wenn jede Menge los war, sogar fast unmöglich. Und natürlich war die Gefahr für die Öffentlichkeit extrem hoch. Eindringlich und bis ins Detail besprachen sie mit Larsen Situationen, die an den neuralgischen Punkten des Passagierbetriebs beim Auftauchen von Tolski entstehen könnten. Schon bei der Vorstellung beschlich Maike Jansen ein mieses Gefühl.

»Ihren Leuten muss klar sein, dass sie sich nichts anmerken lassen dürfen«, mahnte sie eindringlich.

»Kriminelle wie der Russe sind hochgradig sensibel, die wittern eine Gefahr auf eine Seemeile gegen den Wind.«

Nervös trommelte sie auf die Tischplatte.

»Und auch während der Überfahrt darf der Mann nicht merken, dass wir ihn auf dem Schirm haben. Nicht auszudenken, wenn der durchdrehen und es zu Tätlichkeiten kommen würde.«

Maike Jansen spürte, wie jetzt auch noch ihr Magen anfing zu rebellieren. Für ein herzhaftes Fischbrötchen hätte sie wer weis was gegeben.

»Habt ihr schon mal darüber nachgedacht, dass sich der Mann mit einem privaten Boot davon machen könnte?«, gab Larsen zu bedenken.

»Hein, das wäre unsere nächste Frage gewesen«, antwortete Friedrichs. »Wieweit hast du die Boote, die hier im Yachthafen liegen, im Blick?«

»Ich könnte sie dir aufzählen, aber das würde nichts bringen. Ich bekomme nicht immer mit, wer mit welchem Boot raus fährt oder auch rein kommt. Du kannst dir ja vorstellen, was bei Hochbetrieb hier los ist. Da habe ich keine Zeit, mich um die privaten Jollen zu kümmern.«

Bedauernd sah Larsen die beiden an.

»Ich kann euch wirklich nicht die Zusage machen, dass wir die Boote im Auge behalten werden. Dazu fehlt mir auch einfach das Personal. Hier müsst ihr selbst ran. So leid mir das tut.«

Beschwichtigend klopfte Friedrichs ihm auf die Schulter und meinte, das wäre schon okay. Wenn Tolski sich wirklich mit einem Boot absetzen wollte, könnte das sowieso nur seitens der Polizei verhindert werden.

»Der Verdächtige darf gar nicht erst auf ein Boot kommen«, erklärte Friedrichs. »Wenn der erst einmal auf See ist, kann ihn nur noch die Küstenwache stoppen und wer weiß, was der Mann dann veranstalten würde.«

Friedrichs dachte an das Präzisionsgewehr, das sie gefunden hatten, und ihm schwante, dass der Russe noch andere Waffen gehortet haben könnte. Schließlich besprachen sie mit Larsen noch einige Details und verabschiedeten sich dann von ihm. Sie hatten das gute Gefühl, er und seine Mannschaft würden tun, was möglich war.

Als Friedrichs auf seinem Rad die Hafenstrasse anpeilte, streikte Maike Jansen energisch. Sie meinte, jetzt wäre erst einmal etwas zur Stärkung angesagt. Ohne auf seine Reaktion zu warten, steuerte sie auf das Restaurant am Yachthafen zu. Sie fand, dass bei dem ganzen Stress den sie hatten, es diesmal auch etwas mehr als ein Fischbrötchen sein durfte.

11. KAPITEL

»What A Wonderful World«, erklang der Song auf ihrem Handy.

Aber nicht jetzt.

»Hindrik, geh bitte dran und sag, ich bin nicht da«, nuschelte Kathrin Hansen verschlafen.

Katie Melua sang weiter, ihre Stimme weich und einlullend.

»Hindrik?«

Kathrin Hansen fühlte neben sich, doch da war kein Hindrik, das Bett war leer und das Laken kalt. Sie tastete nach dem Handy, blickte aufs Display und sah, dass es bereits 8.30 Uhr war.

»Das darf doch nicht wahr sein«, murmelte sie.

»Ich habe verpennt.«

Ava Sari war dran.

»Kathrin, entschuldige, ich habe mir Sorgen gemacht, weil du noch nicht hier bist und es brennt.«

»Ich brauche noch drei Minuten, ich melde mich.« Kathrin Hansen sank aufs Kissen zurück.

Sie musste sich erst einmal sammeln. Hindrik und sie hatten einen schönen Abend mit Tina und ihrem Mann im *Fährmann* verbracht. Es hatte richtig gut getan, mal wieder herzhaft zu lachen und dabei das Schreckliche, mit dem sie beschäftigt war, zu vergessen. Und im Bett war es dann auch so richtig schön gewesen. Anschließend hatte sie in den Armen von Hindrik geschlafen wie eine Tote.

Es brennt, hatte Ava Sari gemeint.

Ruckartig schoss sie aus dem Bett hoch.

Automatisch griff sie nach dem Handy und rief Ava Sari zurück.

»Kathrin, es ist was Schreckliches passiert«, hörte sie ihre Stimme.

»Wir haben einen Toten.«

»Was? Gibt es etwa schon wieder ein Opfer, das auf das Konto von Tolski geht«, antwortete Kathrin Hansen frustriert.

»Kathrin, anders rum«, stellte Ava Sari trocken fest.

»Es hat Tolski erwischt.«

Das Handy fiel Kathrin Hansen fast aus der Hand. Sie konnte nicht verinnerlichen, was ihre Kollegin gerade losgelassen hatte. Sie musste das verkehrt interpretiert haben. »Ava, du meinst, dass Tolski einen weiteren Mord begangen hat. Etwa die Frau, die er sich für seine Sexspielchen mitgebracht hat?«

»Nein.

Kathrin nochmal: Tolski ist das Opfer.

Tolski wurde ermordet.«

Es blieb einen Moment still zwischen ihnen. Kathrin Hansen merkte, wie die Tatsache so langsam in ihr Bewusstsein eindrang. Merkte, wie ihr Gehirn in rasender Geschwindigkeit alle Varianten durchspielte, was das bedeuten würde. Ihr Hauptverdächtiger in zwei Mordfällen war tot.

Musste selbst dran glauben.

»Scheiße, Scheiße«, brüllte sie ins Handy.

»Hört das denn überhaupt nicht mehr auf.«

Fassungslos blickte sie aus dem Fenster auf die See hinaus, registrierte den Krabbenfischer, der seit Stunden auf einen Fang aus war. Sie sah die ersten Jogger an der Wasserlinie laufen und wurde schlagartig ruhig. Fest nahm sie das Handy in die Hand und sagte zu Ava Sari, sie wäre wieder da. Im Stillen betete sie, dass die Öffentlichkeit nicht ins Spiel kam, hoffte, dass die Feriengäste nichts mitbekommen hatten.

»Ist der Tatort abgeschirmt?«, schoss sie die quälendste Frage ab.

»So, dass keiner was mitbekommt?«

»Alles okay, Kathrin. Olli und Maike haben den Dünenfriedhof geschlossen. Da kommt kein Mensch hinein.«

Kathrin Hansen merkte, wie ihre Beine weich wurden und sie musste sich aufs Bett setzen.

»Dünenfriedhof?

Ava, sagtest du Dünenfriedhof?«

»Genau. Und darüber bin ich ehrlich froh. Hier haben wir die Chance, dass die Öffentlichkeit nichts mitkriegt.«

»Stimmt, du hast recht. Und Ava, egal wer in der Dienststelle anruft, du lässt dir nichts anmerken. Ich regele alles vom Tatort aus.

Wegen einer Umbettung bleibt der Friedhof heute geschlossen, las Kathrin Hansen auf dem Blatt Papier, das am Eingangstor befestigt war. Gut gemacht Olli, dachte sie zufrieden und schloss das Tor auf. In dem Moment war sie froh, dass ihre Dienststelle Schlüssel hatte, um im Bedarfsfall schnell hineinzukommen.

Wäre sie nicht vorgewarnt, wäre sie nie auf den Gedanken gekommen, dass etwas nicht stimmte. Alles war ruhig, keine Menschseele war zu sehen und zwei Amseln in einer Lärche zwitscherten ihre Freude in den Tag hinein. So ziemlich im hinteren Bereich der parkähnlichen Anlage glaubte sie Maike Jansen auszumachen, die in ihre Richtung blickte. Dort ist doch die Gedenkstätte der russischen Kriegsgefangenen, fuhr es ihr durch den Kopf und sie fühlte den Schauder, der eine Gänsehaut auf ihren Armen produzierte.

»Puh, Kathrin, bin ich froh, dass du da bist«, begrüßte Maike Jansen sie und zeigte hinter sich.

»Olli hat sich mal wieder die Seele aus dem Leib gekotzt.« Verstört blickte sie ihre Chefin an. »Mach dich auf das Schlimmste gefasst.«

Verhalten bewegte sich Kathrin Hansen auf den nackten Körper zu, der sitzend gegen eine Gedenk Stele lehnte. Sie registrierte, dass der Schädel an den Stein fixiert war und ihr Blick blieb an der weißen Kopfhaut des Opfers hängen. Da, wo Tolski eine prächtige Mähne gehabt hatte, standen jetzt nur noch vereinzelte Haarspitzen. Wie irre war das denn, ihm die Haare abzuschneiden, dachte sie und ging in die Hocke, um das Gesicht zu betrachten. An den grotesk verzerrten Gesichtszügen erkannte sie, dass der Mann wahnsinnige Schmerzen ausgehalten haben musste. Und bei dem Klumpen Blut in der Mundhöhle wurde ihr schlagartig klar, das es beim Abschneiden der Haare nicht geblieben war. Vor seinem Tod wurde Tolski stumm gemacht. Ihm wurde die Zunge heraus geschnitten.

Fast hätte Kathrin Hansen wie Friedrichs hinter das nächste Gebüsch gekotzt. Sie riss sich zusammen, rekelte sich hoch und ging auf Abstand zu dem Tatort. Dankbar nahm sie den Becher Kaffee, den ihr Maike Jansen reichte.

»Ich habe mir gedacht, dass du den jetzt brauchen kannst und dem Friedhofsgärtner die Thermoskanne abgeluchst«, sagte die Kommissar Anwärterin aufmunternd.

»Danke, Maike, du bist die Beste«, murmelte Kathrin Hansen und trank einen großen Schluck. Hinter sich hörte sie wie Friedrichs angeschlurft kam und sich mit käsigem Gesicht zu ihnen stellte.

»Olli, mit welchem Wahnsinn haben wir es denn hier zu tun«, quetschte sie heraus und versuchte Ordnung in ihre Gedanken zu bringen.

»Also, Tolski, der mutmaßlich für die Morde an Linda Soest und King verantwortlich ist, hat nun selbst dran glauben müssen. Bevor er getötet wurde, hat man ihm die Haare und die Zunge abgeschnitten. Ein Vorgehen, das eine Bedeutung hat. So etwas macht keiner willkürlich«, stellte Kathrin Hansen fest.

»Hat das Schwein aber nicht besser verdient«, kommentierte Maike Jansen kalt.

»Wahnsinn, ich blicke nicht mehr durch«, gab Friedrichs von sich.

»Ich kann mir überhaupt nicht vorstellen, was auf unserer Insel abläuft.«

Als Kathrin Hansen ihr Handy aus der Tasche nahm um Heidkamp zu informieren, betrachtete sie den Hals des Toten. So wie es aussah, wurde Tolski mit einer dünnen Schnur oder etwas in dieser Art erwürgt. Und sie müsste sich schwer täuschen, wenn der Mörder das nicht so richtig lange hinaus gezögert hatte.

Hier war Hass im Spiel gewesen.

Mörderischer Hass.

»Wir stehen vor dem Nichts. Vor dem absoluten Nichts«, tönte es aus dem Lautsprecher. Es war nicht zu überhören, Kriminalrat Heidkamp war so richtig in Fahrt.

»Es gibt tausend Gründe, warum der Russe nun selbst dran glauben musste«, hörten sie weiter. »Überall, wo es so richtig nach Mord, Korruption, Drogen und nach was weiß der Kuckuck sonst noch stinkt, hatte der Mann seine Finger im Spiel. Die Kette seiner Feinde muss endlos sein. Aber warum er ausgerechnet auf eurer Insel dran glauben musste, geht mir nicht in den Kopf«, gab Heidkamp von sich.

Und dann kam es.

Anfänglich ein vorsichtiges Geschlürfe, das, als die Temperatur des Getränk es zuließ, sich zu einer wahren Orgie steigerte. Entsetzt riss Maike Jansen die Augen auf und presste sich die Hände auf die Ohren. Kathrin Hansen legte lediglich die Stirn in Falten, blickte kurz in die Runde und übernahm den weiteren Verlauf der Gesprächsrunde.

»Okay, fassen wir zusammen.

Wir haben die Aussage einer Tamara Olaschenko, die von Hamburg nach Bensersiel gefahren ist um Tolski dort zu treffen. Diese Frau arbeitet für eine Begleitagentur der Superlative. Heißt: Ihr Honorar liegt so etwa bei fünftausend Euro. Pro Tag, versteht sich. Olaschenko sieht umwerfend aus, ist kultiviert, spricht mehrere Sprachen und wird im Bett ihren Kunden auch einiges zu bieten haben.«

Kathrin Hansen blickte in die angespannten Gesichter ihrer Leute.

»Für mich bedeutet das, die Frau hat keinen Grund, sich durch wen auch immer, ihre Karriere versauen zu lassen. Daher glaube ich ihrer Aussage, Tolski hätte gegen einundzwanzig Uhr einen Anruf bekommen und wäre danach so sauer gewesen, dass sie Angst bekommen hätte. Kurz darauf hätte Tolski ohne Erklärung das Haus verlassen. Als ihr Kunde danach nicht mehr aufgetaucht ist, hat die Olaschenko sich so gegen Mitternacht ins Bett gelegt. Am Morgen, als sie bemerkte, dass ihr Kunde in der Nacht nicht zurückgekommen ist, wurde ihr klar, dass etwas nicht stimmte.«

Kathrin Hansen blickte zu Maike Jansen hin.

»Als wir beide im Haus von Tolski auftauchten, war die Frau gerade am Packen. Ob sie, wie sie behauptet hat, vor ihrer Abreise wirklich noch unsere Dienststelle angerufen hätte, kann man glauben oder auch nicht.«

»Das heißt, Sie schließen eine Beteiligung der Frau an dem Verbrechen aus«, äußerte sich Heidkamp.

»Ja, und es gibt keinen Grund die Olaschenko festzuhalten. Wir haben ihre Aussage und die Hamburger Adresse, die sie uns angegeben hat, stimmt auch.«

»Na gut«, knurrte Heidkamp.

»Dann weiter.«

Wie mies ist der denn drauf, dachte Kathrin Hansen und blickte irritiert auf ihre Notizen. Dann berichtete sie weiter, dass der Friedhofsgärtner Olaf Knutsen morgens um acht Uhr auf dem Dünenfriedhof gewesen ist, weil er an dem Tag die Rasenflächen mähen und die Wege in Ordnung bringen wollte. An der Gedenkstätte hat er dann den Toten entdeckt.

»Was ist mit dem Mann?«, erkundigte sich Heidkamp.

»Wurde er psychologisch betreut?«

Mit einem Wink gab Kathrin Hansen Friedrichs zu verstehen, dass er antworten sollte. Knutsen war sein Onkel und er konnte ihn am besten einschätzen.

»Mein Onkel ist nebenberuflich Bestatter«, erklärte Friedrichs. »Der hat schon Tote gesehen, die in einer Schiffsschraube hängen geblieben sind. Mit psychologischer Betreuung braucht man dem nicht zu kommen.«

Friedrichs fing an zu grinsen.

»Der kippt sich zwei Klare, dann hat er die Sache verdaut.«

Heidkamp musste das mit dem Kippen als Aufforderung betrachtet haben. Wenn auch ein wenig dezenter, hörten sie, dass sein Bedarf an Flüssigkeit ungebremst war. Anschließend knallte er die Tasse auf den Untersatz, dass die Runde zusammen zuckte.

»Lieber Himmel«, stöhnte Maike Jansen, »hört das denn nie auf.« Krach und Krawall konnte sie einfach nicht ab.

»Ihrem Onkel ist hoffentlich klar, dass er verpflichtet ist, die Geschichte für sich zu behalten?«, meldete sich Heidkamp wieder.

Friedrichs winkte ab.

»Wenn der am Tag drei Sätze von sich gibt, meint er schon, er hätte den ganzen Tag gequasselt. Nein, da brauchen Sie sich keine

Sorgen zu machen, der hält dicht. Trotzdem habe ich ihn noch mal darauf hingewiesen.«

Mike Jansen griemelte sich einen. Jetzt wusste sie wenigstens, von wem Friedrichs das hatte, wenn er stundenlang mit ihr zusammen war ohne einen Ton von sich zu geben.

»Also können wir davon ausgehen, dass der Russe auf den Friedhof gelockt und durch einen Elektroschock kurzzeitig außer Gefecht gesetzt wurde. So zumindest der Befund der Obduktion. Ab diesem Zeitpunkt hatte der Täter leichtes Spiel mit ihm«, fasste Heidkamp zusammen.

»Und dieses leichte Spiel hat Tolski wie die Hölle erlebt«, führte Kathrin Hansen weiter aus.

»Alleine schon die Demütigung, dass er bis auf die Haut ausgezogen wurde, ihm dann noch die Haare abgeschnitten wurden, muss ihn ganz nach unten gezogen haben. Und anschließend bei vollem Bewusstsein die Zunge herausgeschnitten zu kriegen, das ist schon extrem hart. Trotzdem, der Schweinehund hat es nicht anders verdient.«

»Eigentlich hat der es viel zu schnell hinter sich bringen können«, setzte Maike Jansen noch einen drauf.

»Zur Sache«, mahnte Heidkamp.

»Mir wäre es lieber gewesen, Tolski hätte die Morde an Linda Soest und diesem DJ King noch gestehen können. Seine beiden Bluthunde schieben sich nämlich die Schuld gegenseitig zu. Dabei dürfte klar sein, wer der Boss war und die Taten zu verantworten hatte.«

»Wer die Killerdroge Linda Soest verabreicht hat, dürfte aber doch eigentlich klar sein«, warf Maike Jansen überrascht ein. »Schließlich haben wir in dem Zimmer von Koslov das ganze Zeugs gefunden.«

»Negativ«, kam es aus dem Lautsprecher.

»Auch das schieben die Brüder sich gegenseitig in die Schuhe. Und da es auf den Drogentüten keine Fingerabdrücke gibt, kann uns auch hier nur die Zeit weiterbringen. Irgendwann werden Koslov und Petrow mürbe, dann packen die aus.«

»Vor allem, wenn sie merken, dass seitens ihres Bosses keine Unterstützung, sprich Anwälte, erfolgt. Dass sie so richtig schön in ihrer Scheiße sitzen gelassen werden«, beendete Kathrin Hansen das Thema.

Ehe sie dann wieder auf den Mord an Tolski kommen konnte, legte ihr Ava Sari zwei Ausdrucke auf den Tisch. Mails vom Hafenamt und von der Flugleitstelle. Schnell überflog Kathrin Hansen den Inhalt und zuckte resigniert mit den Schultern.

»Macht es uns auch nicht gerade leichter«, quetschte sie heraus und informierte die Runde, dass weder am Fährbetrieb noch am Flughafen irgendwelche verdächtige Personen aufgefallen waren. Weder auf einer Hin- noch auf einer Rückfahrt beziehungsweise bei einem Charterflug. Stimmt, was Heidkamp anfangs meinte, ging es ihr durch den Kopf. Sie hatten nichts, aber auch gar nichts, an das sie die Ermittlungen ansetzen konnten. Sie hatte das Gefühl, dass alles noch komplizierter geworden war. Okay, die Morde an Linda Soest und King konnten als Standardfälle eingeordnet werden, dagegen steckte hinter dem Mord an Tolski mehr. Nur hatte sie keinen blassen Schimmer, was das sein könnte.

12. KAPITEL

Diesmal hatten sie Zeit. Zeit genug, um das Haus von Tolski richtig unter die Lupe nehmen zu können. Kathrin Hansen hatte die Kriminaltechniker angefordert, die schon mal das Haus durchsucht hatten und Schneider, der Chef der Truppe, hatte zusätzlich einen IT Spezialisten mitgebracht, der russisch sprach. Alleine die IT Technik, die Tolski in seinem angeblichen Ferienhaus installiert hatte, war die eines mittelständischen Unternehmens. Von hier aus hatte er in jeden Winkel der Welt herum stochern können, auch da, wo er nichts verloren hatte, so meinte Schneider. Für Kathrin Hansen war das mit dem Ferienhaus sowieso nur Tarnung. Nirgendwo unauffälliger hätte Tolski seine kriminellen Geschäfte abwickeln können, als von der Insel aus. Wie sie recherchiert hatten, war der Russe in den Geschäften und Restaurants von Langeoog ein gern gesehener Kunde. Sogar bei der Bank unterhielt er ein Konto mit über zweihunderttausend Euro Guthaben. Geschickt hatte er überall seinen Status als Feriengast, mit Eigentum auf der Insel, heraus gekehrt.

Clevere Taktik, empfand Kathrin Hansen.

Da die Durchsuchung des Hauses länger dauern konnte, hatte sie für die Kollegen im Deichkrug Zimmer reservieren lassen. Sie selbst und Maike Jansen übernahmen den Part, sich die Akten, Unterlagen und was es sonst noch so alles gab, vorzunehmen. Friedrichs war heilfroh gewesen, dass er nicht auch noch dabei sein musste. Die Kramerei im Haus wäre für ihn nichts gewesen, hatte er gemeint und hielt lieber mit Ava Sari die Stellung. Kümmerte sich um das Laufende.

Als erstes nahmen sie sich die Inhalte der Schränke vor, was bei der Menge Klamotten, die Tolski hatte, glatte zwei Stunden dauerte. Außer parfümierte Taschentücher und einen Kamm in jedem Jackett, kam allerdings nichts Nennenswertes zum Vorschein. Nur Maike Jansen hatte das zweifelhafte Vergnügen und erwischte in der Tasche eines Jacketts ein Kondom. Bei dem Gedanken, dass der Russe sich den übergestreift haben könnte, hätte sie fast in das Zimmer gekotzt. Mehrere Bäder, Sauna und der Wellnessbereich gaben dann auch nichts her, was interessant sein könnte. Eine ständige weibliche Bewohnerin schien es in diesem Haus nicht zu geben, zumindest gab es keinerlei Hinweise darauf. Tolski schien das Refugium seiner Familie vorenthalten zu haben.

»Na, gut«, sagte Kathrin Hansen schließlich, »ich denke wir sind hier durch. Jetzt sehen wir uns mal an, für was der Russe sich so alles interessiert hat.« Als sie die finstere Miene von Maike Jansen bemerkte, winkte sie ab. »Damit meine ich nicht die Sauereien auf seinem Computer, da kümmern sich unsere Kollegen drum. Aber ich habe in seinem Arbeitszimmer eine nette Bibliothek bemerkt, darin stöbern wir ein bisschen herum.« Damit stiefelte Kathrin Hansen in das Arbeitszimmer und ließ sich in einen lederbezogenen Schwinger fallen. Erleichtert streckte sie die Beine von sich und ließ ihre Blicke über die Bücherwand wandern. Aus Erfahrung wusste sie, dass die Titel nicht unbedingt den Geschmack des Besitzers widergaben. Oft war es nur Show, um einen kulturvierten Eindruck vorzugaukeln.

»Der Mann scheint sich tatsächlich für Themen der Geschichte und Astrologie interessiert zu haben«, gab Maike Jansen von sich und zeigte auf eine Reihe von Büchern, die aussahen, als ob sie oft benutzt würden. Ächzend rekelte sich Kathrin

Hansen hoch, überflog die Titel und versuchte die Autoren einzuordnen. Zugegebenermaßen hatte sie so gut wie keine Ahnung von Astrologie, als Kind hatte sie mitgekriegt, dass ihre Oma Horoskope zusammen gebastelt und irgendwas von Konstellationen gequasselt hatte, das war es dann aber auch. Und in Geschichte war sie auch keine besondere Leuchte gewesen. Sie dachte an Hindrik, der wäre hier jetzt der richtige Mann.

»Es war doch so«, überlegte sie laut, »das Linda Soest die Chronik derer von Tolskis schreiben sollte. Maike, darüber müsste es doch Unterlagen geben. Alte Dokumente, Fotos der Familie und so. Mit Digitalisierung war früher ja nichts.«

Gemeinsam durchkämmten sie konzentriert die Bücherregale, bis Maike Jansen schließlich ein »ich habe hier was«, von sich gab. Sie klappte ein altes Album auf, in dem auf schwarzen Kartonseiten Fotos eingeklebt waren. Über jeder Seite lag ein feines Seidenpapier und die schwarzweißen Fotoabzüge waren in einwandfreien Zustand.

»Kathrin, komm, wir setzen uns auf die Couch und sehen uns die Fotos mal an«, schlug Maike Jansen vor und ließ sich auch schon in das edle Möbelstück plumpsen.

»Mach du schon mal, ich stöbere die Regale weiter durch. Es müssen doch Schriftstücke geben, in denen die Entwicklung der Familie festgehalten ist. Geburtsurkunden, amtliche Schreiben und so weiter.«

Ab und an gab Maike Jansen einen überraschten Ausruf von sich, ansonsten blieb es still zwischen ihnen. Erst als Kathrin Hansen eine Rolle Dokumente fand, fing die Spannung an zu knistern. Vorsichtig rollte sie die Pergamente auseinander und staunte nicht schlecht, als sie registrierte, mit welchen Stempeln die Urkunden versehen waren.

»Mensch, Maike, das gibt es doch nicht, wenn ich das richtig sehe, habe ich hier ein Dokument, das im Namen eines Zaren abgestempelt wurde. Das ist ja nicht zu glauben.«

»Doch, das könnte sein. Auf den Fotos hier sind Männer in Uniformen abgebildet und auch wenn ich keinen blassen Schimmer habe, in was für einen Rang sie standen, sieht mir das nach einer gehobenen Gesellschaft aus. Die Tolskis scheinen tatsächlich ein altes russisches Geschlecht zu sein. Hier«, sie tippte auf die Seite, die sie gerade aufgeschlagen hatte, »die Typen auf ihren Pferden sehen mir wie Kosaken aus.

Stolze, kräftige Kerle, Kämpfernaturen.«

»Und am Ende der Linie kommt dann so ein Arschloch wie Lucas Tolski heraus«, konnte sich Kathrin Hansen nicht verkneifen zu sagen.

In einer geschlossenen Glasvitrine fand sie anschließend weitere Dokumente. Uralt, einzeln eingerollt und in Seidenpapier eingeschlagen. Eines musste sie zugestehen, seitens Sauberkeit und Ordnung war Tolski nichts nachzusagen. Ein Eindruck, den sie von Anfang an gehabt hatte. Es dauerte noch eine Weile, bis sie mit der Bibliothek durch waren und als Abschluss nahm sich Kathrin Hansen den Schreibtisch von Tolski vor. Ein uraltes, mit wunderschönen Intarsien Arbeiten versehenes Stück. Auf dem könnte schon Iwan der Schreckliche Dokumente für die Hinrichtung seiner Widersacher unterzeichnet haben, fuhr es ihr durch den Kopf. Im gewissen Sinne würde das ja gut zu Lucas Tolski passen. Wer weiß, vielleicht käme ja noch ans Tageslicht, das Tolski ein Nachkomme des Zaren war. Dass das Böse bereits seit fünfhundert Jahren im Blut der Familie pulsierte.

Den Revolver und mehrere Magazine, die Kathrin Hansen in der Schublade fand, steckte sie in einen Plastikbeutel und legte diesen auf den Schreibtisch. Die Ballistik musste abgleichen, ob Daten über die Waffe vorlagen. Sie glaubte aber eher nicht. Dafür hatte Tolski seine Killer gehabt. Sie überflog die Schriftstücke, die im Schreibtisch lagen, konnte wegen der russischen Sprache jedoch nichts damit anfangen. Die Kollegen sollten den ganzen Kram mitnehmen und von Spezialisten auswerten lassen, entschied sie.

Kurz darauf stellte Kathrin Hansen mit Blick auf die Uhr fest, dass es bereits später Nachmittag war. Kein Wunder, dass ihr Magen rebellierte. Mit Blick zu Maike Jansen hin meinte sie, dass sie nach ihren Kollegen sehen sollten, was die so alles ausgegraben hatten. Behutsam steckte sie das Fotoalbum in ihre Umhängetasche, das gute Stück wollte sie sich zuhause in Ruhe ansehen.

Im Medienraum des Hauses gerieten sie in ein heilloses Gewirr von Meldungen auf Monitoren. Dazu die Kommentare der IT Leute in einer Sprache, als wären sie Außerirdische. Selbst Maike Jansen, auch ein Computerfreak, blickte genervt ihre Chefin an.

»Kathrin, ich glaube, wir verziehen uns«, meinte sie. »Wir würden hier nicht durchblicken.«

»Sehe ich genau so. Ich stimme mich noch mit Schneider ab, dass ich so schnell wie möglich einen Bericht bekomme. Die weitere Koordinierung kann dann Heidkamp von Wittmund aus steuern.«

Im Eingangsfoyer des Hauses konnte Kathrin Hansen dann doch nicht umhin, sich nochmals die Ahnengalerie anzusehen, die ihr Tolski stolz gezeigt hatte. Und auch jetzt wieder blieb ihr Blick an der faszinierenden Erscheinung der Mutter von ihm hängen. Unglaublich, dass eine solche Frau, deren schöne Augen sie sanft und freundlich anblickten, einen solchen Bastard von Sohn zur Welt gebracht hatte. Bei ihm mussten die Gene seiner russischen Vorfahren voll durchgeschlagen sein. Sie warf noch einen flüchtigen Blick auf die anderen Porträts, dann reichte es ihr. Sie musste Schluss machen.

Als sie das Haus verließen, atmeten sie erst einmal tief durch. Der Wind wehte von der See her und brachte eine unglaubliche Würze mit.

»Mensch, tut das gut«, seufzte Kathrin Hansen. »Ich glaube, heute ist noch Jogging angesagt. Hoffentlich hat Hindrik keinen Termin mehr.«

»Werden wir genauso machen. Obwohl ich weiß nicht, vielleicht haben wir noch einiges zu tun«, druckste Maike Jansen herum.

»Einiges zu tun, etwas Bestimmtes?«

Von der Seite sah Kathrin Hansen ihre junge Kollegin prüfend an. Da war doch was, das spürte sie.

»Na ja, Olli hätte gerne, dass ich zu ihm ziehe, Platz genug hat er ja. Aber ich bin mir nicht sicher, ob es dafür nicht noch zu früh ist. So lange kennen wir uns ja auch noch nicht.«

Eine Sache, die auch Kathrin Hansen ins Grübeln brachte. Sie selbst hatte bitter erlebt, was dabei raus kommen konnte, wenn man sich für den falschen Partner entschied. Doch es gab auch kein Patentrezept. Sie kannte ein Paar, das über zehn Jahre mit einer getrennten Wohnsituation glücklich und verliebt gelebt hatte. Kurz nachdem sie zusammen gezogen waren, konnten sie nicht mehr miteinander. Die Beziehung ging den Bach runter.

In der Barkhausenstrasse nahm sie bei der Verabschiedung Maike Jansen in die Arme und sah ihr in die Augen.

»Maike, es gibt keine Garantien. Da steckt man nicht drin.

Mein Rat: Höre auf dein Herz.

Mehr geht nicht.«

»Danke, Kathrin, ich glaube du hast recht.«

Rasch drückte Maike Jansen ihr einen Kuss auf die Backe und wandte sich erleichtert ab. Nach wenigen Metern rief sie, dass sie was vergessen hätte, kam zurück und reichte Kathrin Hansen einen kompliziert aussehenden Schlüssel.

»Hier, den habe ich mitgehen lassen«, grinste sie. »Sollten wir nochmals in das Haus von Tolski wollen, können wir den benutzen.«

13. KAPITEL

Nach fast einer Stunde Joggen entlang der Wasserlinie fühlte Kathrin Hansen wie sich der Knoten in ihrer Magengegend löste. Sie fühlte, wie die Beklemmungen, die sie seit dem Morgen plagten, mehr und mehr verschwanden. Jetzt, nach dem dritten Mordfall, machte sie sich zunehmend Sorgen um die Sicherheit auf der Insel. Da lief etwas ab, das sie nicht einzuschätzen wusste.

Aber auch bei Hindrik stimmte was nicht. Doch wie immer, versuchte er seine Probleme von ihr fern zu halten. Eine Sache, die sie schon tausendmal diskutiert hatten und sich eigentlich einig waren, dass man über alles reden konnte und auch sollte. Doch Hindrik war nun mal Hindrik.

Kathrin Hansen ging zu einer langsameren Gangart über, sie ergriff die Hand von Hindrik und hielt sie fest. Sie freute sich schon auf das Abendessen, das Hindrik bereits zubereitet hatte, als sie nach Hause gekommen war. Nur eine Kleinigkeit hatte er gemeint, als er die Platte mit irgendwas Leckerem in den Backofen geschoben und den Timer gestellt hatte. Nun ja, seine Kleinigkeiten kannte sie. Doch vorher wollte sie wissen, was ihm auf der Seele lag.

»Also, wo brennt es?«, sagte sie und drückte ihm auffordernd die Hand.

»Ach, da läuft eine blöde Sache«, murmelte Hindrik, drehte sich zu ihr hin und blickte sie bedrückt an.

»Kannst du dir vorstellen, dass ich einen Schutzbefohlenen im Erholungsheim unter Druck gesetzt habe? So unter Druck, dass der Jugendliche behauptet, er würde sich von mir bedroht fühlen?

Kannst du dir vorstellen, dass dieser achtzehnjährige Syrier eine Mail an die Flüchtlingsstelle in Berlin geschickt und um Hilfe gebeten hat?«

Abrupt blieb Kathrin Hansen stehen. Schlagartig wurde ihr klar, was das bedeutete. Sie dachte an die jüngsten Meldungen in den Tagesthemen, in denen Verantwortliche, die mit Flüchtlingen zu tun hatten, beschuldigt wurden, gewalttätig und Schlimmeres gegenüber ihren Schutzbefohlenen geworden zu sein. Sie dachte daran, wie die Medien und die Öffentlichkeit darauf abgefahren waren.

»Mein Gott, Hindrik, das ist doch wohl nicht wahr. Wie hat dieser junge Mann sich dir gegenüber denn verhalten? Ist er vielleicht noch so traumatisiert, dass er selbst in dem Menschen, der nur sein Bestes will, einen Feind sieht?

Fühlt er sich vielleicht immer noch verfolgt?«

Deprimiert schüttelte Hindrik den Kopf.

»Ich weiß es nicht. Diesen Jungen kann ich nicht begreifen, kann ihn nicht fassen. Es kann nur so sein, dass er dermaßen Entsetzliches erlebt hat, dass er sich immer noch in dieser Blase gefangen sieht.«

»Aber alle Flüchtlinge, die zu dir ins Erholungsheim kommen, werden doch vorher psychologisch untersucht. Steht denn irgendwas Bezugnehmendes über ihn in dem Bericht?«

»Nichts.

Absolut nichts.

Aber mir bereitet was anderes Kopfschmerzen.«

Hindrik versteifte seine Haltung und blickte eine Weile starr auf die leicht schäumenden Wellen, die ihre Füße umschmeichelten. Dann wandte er sich seiner Lebensgefährtin zu und sie bemerkte, dass sich tiefe Falten in sein Gesicht eingegraben hatten. Sie fühlte, wie ihre

Beklemmungen zurück kamen und ahnte, dass es noch dicker kommen würde.

»Ich habe Angst, fürchterliche Angst«, erklärte Hindrik, »das Achmed, so heißt der Flüchtling, vom IS oder einer ähnlichen Organisation eingeschleust wurde.

Eingeschleust um Terror zu organisieren.

Nicht unbedingt mit Gewalt, ich glaube es geht eher um Psychoterror.« Fest umfasste Hindrik die Hand seiner Lebensgefährtin.

»Nachdem der Träger unseres Hauses die Entscheidung gefällt hat, dass wir Flüchtlinge aus Syrien aufnehmen werden, sind bei ihm Drohungen eingegangen. Sinngemäß so, dass wir Rebellen des syrischen Staates unterstützen und Kämpfer gegen ihn ausbilden würden.

Also absoluter Blödsinn.«

Kathrin Hansen war entsetzt. Im Traum hätte sie es nicht für möglich gehalten, dass so ein Gedanke mal auftauchen könnte. Hindrik und sein Sonderpädagogisches Erholungsheim als Ziel terroristischer Machenschaften?

Undenkbar!

Und doch!

Je mehr sie den Gedanken verinnerlichte, erschien er ihr immer logischer.

Geradezu genial.

Für die Rekrutierung junger, vom Leben enttäuschter Menschen könnte Hindrik mit seiner Einrichtung das Non plus Ultra sein. Auf jeden Fall würden geneigte Gemüter das gerne glauben.

Wahnsinn.

Kathrin Hansen fühlte, wie eine kaum zu beherrschende Wut sich in ihr breit machte. Eine Wut, die nicht zulassen würde, das Gangstertypen wie Tolski oder islamische Terroristen Langeoog für ihre Ziele missbrauchten.

Dass sie ihre Insel beschmutzten.

Impulsiv warf sie sich Hindrik an den Hals, küsste ihn, als wenn es gelte, lange Abschied zu nehmen und meinte dann, dass sie es den Idioten dieser Welt zeigen würden.

»Doch zuerst Hindrik«, lachte sie, »machen wir uns über die Kleinigkeit her, die du im Backofen hast.«

Ihre Laune wurde ihr schon am frühen Morgen vermasselt, als sie einen Anruf vom Kriminalrat erhielt, der sie mittags im Polizeikommissariat Wittmund erwartete. Sie sollte bei der richterlichen Vernehmung von Koslov und Petrow dabei sein. Er würde sich auch freuen, wenn er sie mal wieder zum Essen ins Kasino einladen dürfte, hatte er am Schluss gemeint.

Die Einladung kann er sich in die Haare schmieren, hatte Kathrin Hansen in sich hinein geknurrt. Das Essen in der Dienststelle konnte man keinem Hund vorsetzen. Und auf das Zusammentreffen mit den beiden widerlichen Typen hatte sie auch keinen Bock.

Am Vormittag machte sie einen auf Urlauberin und setzte sich in die Inselbahn. Etwas, das sie selten im Dienst machte. Sie fuhr das Stück bis zum Hafen lieber mit dem Bike und genoss die frische Luft. Heute hatte sie gedacht, das simulierte Urlaubsfeeling würde ihre Laune verbessern.

Absolute Fehlanzeige.

Es war Hochsaison und das Gedränge nervte sie. Sprachlos verfolgte sie, wie ankommende Urlauber die Gepäckwagen plünderten, ohne Rücksicht zu nehmen, dass der fremde Koffer, den sie gerade vom Wagen zerrten, beschädigt werden könnte. Und dass immer noch einige Fahrgäste sich mit ihren Koffern, die eigentlich auf die Gepäckkarren gehörten, in die Wagen quetschten, hatte sich auch nicht geändert.

Wenigstens war anschließend die Bockwurst an Bord der Fähre wie immer gut und der große Becher Kaffee hob schließlich ihre Stimmung.

Dr. Berend Heidkamp, Kriminalrat, las sie auf der Tür zu seinem Allerheiligsten. Kaum hatte sie angeklopft, hörte sie so etwas wie »Herein« und sah ihren Chef am Schreibtisch sitzen. Vor sich hatte er eine riesige Tasse stehen. Ach du grüner Hering, dachte Kathrin Hansen, bitte kein Geschlürfe, das halten meine Nerven heute nicht aus. Als sie Heidkamp die Hand schüttelte, stellte sie erleichtert fest, dass er sein Werk schon vollbracht hatte, die Tasse war bis zum Boden geleert. Wenigstens etwas Erfreuliches, dachte sie und setzte sich. Sie bemerkte, dass ihr Vorgesetzter sie mit gerunzelter Stirn ansah. Ein sicheres Zeichen, dass ihm etwas an ihr nicht gefiel.

»Ärger?«, ging es auch schon los.

»Sie sehen nicht gut aus.

Mit Hindrik alles in Ordnung?«

Er hatte mal wieder ins Schwarze getroffen.

Seit Hindrik ihr tags zuvor das mit dem Flüchtling gesagt hatte, bohrte es mächtig in ihr. Eine solche Schweinerei konnte sie nicht so einfach wegstecken. Und da der Kriminalrat mehr als nur ihr Vorgesetzter war, er war schon fast so etwas wie ein Ersatzvater für sie, berichtete sie über den ungeheuerlichen Vorfall.

»Echt übel, ausgerechnet Hindrik hat solch einen Mann in seine Obhut bekommen«, äußerte sich Heidkamp und Kathrin Hansen meinte, die

Falten auf seiner Stirn wären noch tiefer geworden.

»Wenn dieser Achmed wirklich gezielt eingeschleust wurde, würde mich das nicht besonders überraschen. Ich weiß von Kollegen beim Bundeskriminalamt, dass derzeit der IS hyperaktiv ist. Im Fokus stehen besonders junge Männer, deren Aufgabe darin besteht, Unruhe zu stiften. So, wie jetzt bei Hindrik. Aber«, er tätschelte ihre Hand. »Machen Sie sich keine Sorgen, Hindrik wird das schon im Griff bekommen. Dass er einen seiner Schutzbefohlenen bedroht hat, das glaubt doch keiner, das ist absurd.« Automatisch griff Heidkamp nach der Tasse und merkte enttäuscht, dass sie leer war.

Kathrin Hansen wurde zunehmend ruhiger, es war gut, dass sie das Thema angesprochen hatte. Der Druck, der sie selbst in der Nacht nicht hatte schlafen lassen, wich langsam von ihr. Wie schon so oft, wenn der Kriminalrat persönlich wurde, stärkte sie das. Sie wusste, dass er sich für sie verantwortlich fühlte. Er und ihr Vater waren Freunde gewesen, hatten auf der Hochschule zusammen studiert. Nach dem frühen Tod ihres Vaters hatte Heidkamp sie nicht mehr aus den Augen gelassen. Sie ahnte, dass er an so manchem Rädchen gedreht hatte, damit für sie alles so problemlos laufen konnte, wie es gelaufen war. Dienstlich zumindest. Aus ihrem Privatleben hatte er sich immer heraus gehalten, wobei ihm Hindrik allerdings ans Herz gewachsen war. Wenn Heidkamp ab und an privat auf der Insel war, gingen die beiden Männer schon mal ein Bierchen zusammen trinken.

In der nächsten Viertelstunde besprachen sie, wie sie die Vernehmung mit den beiden Verdächtigen führen wollten. Der Richter brauchte stichhaltige Fakten, um Koslov und Petrow bis zur Verhandlung festsetzen zu können. Wobei bei Petrow seine Auslieferung an die Schweiz zur Diskussion stand. In dem Mordfall an die Prostituierte in dem Schweizer Hotel, hatte Koslov ihn belastet. Mit der Nummer wollte er nichts zu tun haben, hatte er ausgesagt.

Kathrin Hansen brannte es auf der Seele, sie wollte den Mörder von Linda Soest im Knast sitzen sehen.

Das war sie ihr schuldig.

Und hier war Koslov einer der Kandidaten. Im Auftrag von Tolski hatte er möglicherweise Linda Soest die Killerdroge verabreicht und wäre somit mitschuldig. Das zu beweisen würde allerdings schwierig, wenn die beiden Bodyguards erführen, dass Tolski das Zeitliche gesegnet hatte. Für sie wäre das der Joker, um alles auf ihren Boss schieben zu können. Unter dem Aspekt, dass von ihm nichts mehr zu erwarten war.

»Also gut«, durch Heidkamp ging ein Ruck.

»Wir machen es so, dass wir Koslov und Petrow erst einmal nicht über den Tod von Tolski aufklären. Wir spielen das alte Spiel. Wir sagen ihnen, dass sie sich gegenseitig belastet haben. Dabei setzen wir besonders Petrow unter Druck. Ihm verkünden wir, dass Koslov als Zeuge gegen ihn auftreten wird, um Strafmilderung zu bekommen. So stellen wir Petrow vor die Wahl: Entweder er sagt aus, was auf Langeoog gelaufen ist, oder er wird an die Schweizer Staatsanwaltschaft ausgeliefert. Es würde mich wundern, wenn er dann nicht anfängt zu singen.«

Kathrin Hansen bemerkte, wie der Kriminalrat sehnsüchtig auf seine Tasse spinkste und nachdenklich meinte, der Mord an King werfe noch Fragen auf.

»Genau. Wobei es so gelaufen sein wird, das King von Koslov weitere Drogen wollte, aber kein Geld hatte. Er wurde abgewiesen und hat es dann auf die harte Tour versucht.

Erpressung.

King war so naiv, dass er glaubte, er könnte Tolski und seine Killer wegen dem Mord an Linda Soest erpressen.

Das ging schief.

Seine Hinrichtung war für die Russen eine willkommene Abwechslung. Aber«, Kathrin Hansen verzog das Gesicht.

»Zu beweisen, wer denn letztendlich abgedrückt und King erschossen hat, wird eine harte Nuss werden. Ich rechne nicht damit, dass einer der beiden den Mord gestehen wird. Sie werden es Tolski in die Schuhe schieben.«

Zustimmend nickte Heidkamp, sah auf die Uhr und meinte, sie müssten los.

»Versuchen wir die Brüder auseinander zu nehmen«, schnaubte er angriffslustig und schnappte sich seine Aktenmappe.

Mit Auseinandernehmen war dann nichts. Petrow, der wohl die größte Schiss hatte, weil er seine Abschiebung befürchtete, war urplötzlich krank geworden. Wie er es angestellt hatte, dass er mit Fieber auf seiner Pritsche lag und Dünnschiss hatte, wusste keiner. Auf jeden Fall war er nicht vernehmungsfähig. Und Koslov blieb dabei, dass er ein Opfer der deutschen Justiz sei. Von den Drogen in seinem Zimmer hatte er keine Ahnung gehabt. Wahrscheinlich Überbleibsel von einem Gast, der vorher das Zimmer bewohnt hatte, sagte er mit tief überzeugter Miene. Und die Sache mit King könnte er sich überhaupt nicht erklären. Den

Mann hätte er das letzte Mal am Sonntagabend in der Disko gesehen.

»Na, toll«, fluchte Heidkamp. Er war richtig sauer. »Tolski tot, Petrow nicht vernehmungsfähig und Koslov macht einen auf Unschuldslamm. Wir sind ja super weitergekommen.«

Für Kathrin Hansen blieb es sowieso ein schwarzer Tag. Wenn auch Koslov und Petrow aus dem Verkehr gezogen waren, der Mörder von Tolski könnte sich immer noch auf Langeoog herumtreiben. Eine Gefahr für die Bevölkerung. Der Frieden auf der Insel stand auf der Kippe.

Als Heidkamp meinte, für das Essen im Kasino wäre es schon zu spät, doch seine Frau hätte angerufen und sie zum Kaffee eingeladen, stimmte Kathrin Hansen erfreut zu. Mit Elseke Heidkamp verband sie ein inniges Verhältnis. Als ihre Ehe zu Bruch ging, war Elseke es, die sie in den Arm genommen und getröstet hatte. Und da gab es keine guten Ratschläge, die ihr auf die Nerven gehen konnten. Etwas, das Kathrin Hansen an der Frau des Kriminalrates besonders schätzte.

Heidkamps wohnten in einem typisch ostfriesischen Haus am Rande von Wittmund. Es war eines der älteren Häuser, das noch mit Reed gedeckt war. Freudestrahlend begrüßte die Hausfrau Kathrin Hansen um dann einen Schritt zurück zu weichen und sie kritisch betrachtete.

»Kindchen, du gefällst mir aber gar nicht«, meinte sie mit einem sorgenvollen Blick. »Ich hoffe nicht, dass mein Berend dich zu sehr ran nimmt.«

»Alles ist gut Elseke«, lachte Kathrin Hansen und drückte sie. »Auf Langeoog geht es derzeit nur etwas drunter und drüber.«

»Na gut«, schnarrte Elseke Heidkamp und warf einen fragenden Blick zu ihrem Mann hin. Er gab ihr zu verstehen, dass er nicht über Dienstliches reden wollte. Immer noch fühlte er sich von den russischen Killern verschaukelt und seine Hauptkommissarin musste auch mal was anderes hören. Mit Blick auf das Handy meinte er, er müsste noch schnell ein Telefonat führen, dann könnten sie Kaffee trinken. Gut gelaunt führte die Hausherrin ihren Gast in die gute Stube und zeigte auf eine Sahne-Obsttorte mit mehreren Schichten, die auf dem friesisch gedeckten Tisch thronte.

»Kathrin, als Berend mir heute Morgen sagte, dass du nach Wittmund kommst, habe ich die Torte noch schnell gemacht.« Schmunzelnd blickte Elseke auf ihre etwas üppige Figur.

»Eigentlich dürfte ich ja nicht. Wenn ich vor meinen Studenten stehe und ihnen eine gesunde Ernährungsweise einbläue, grinsen die jedes Mal. So nach dem Motto: Unsere wohlgerundete Professorin kann uns viel über

Ernährungswissenschaft erzählen. Aber egal, schön dich mal wieder zu sehen.« Es dauerte dann doch ein bisschen länger, bis der Kriminalrat erschien und Kathrin Hansen und ihre lustige Gastgeberin plauderten über Gott und die Welt. Bei dieser Gelegenheit verriet Elseke Heidkamp, dass sie und ihr Mann sich am überlegen waren eine Immobilie auf Langeoog zu kaufen. Etwas Bescheidenes für den Ruhestand.

»Eine Ferienwohnung könnte allerdings mit drin sein, durch die Feriengäste hätten wir etwas Abwechslung«, meinte sie. Leicht legte sie ihre Hand auf den Arm von Kathrin Hansen.

»Aber lass dir bei Berend nichts anmerken. Noch haben wir uns ja nicht endgültig entschieden.«

Kathrin Hansen fand das ganz toll und umarmte ihre Freundin.

»Klar, ich weiß von nichts.« Ehe sie fragen konnte, ob schon ein Objekt in Aussicht war, oder ob sie sich mal umhören sollte, kam der Hausherr ins Zimmer und setzte sich an den Tisch. Strahlend sah er die beiden Frauen an und meinte, außer Mord und Totschlag gäbe es ja auch noch schöne Dinge auf dieser Welt. Neugierig geworden dachte Kathrin Hansen da käme nun was, bemerkte, wie der Kriminalrat seiner Frau zuzwinkerte, doch das war es dann auch.

14. KAPITEL

Es war kurz nach zwanzig Uhr. Vor Geschäftsschluss hatte Kathrin Hansen es gerade noch geschafft einzukaufen. Nach den zwei Stücke Kuchen, die sie bei Heidkamps verputzt hatte, brauchte sie jetzt was Herzhaftes. Sie freute sich auf Matjeshering, belegt mit Zwiebelringen, dazu Schwarzbrot und eine dicke Gewürzgurke. Sie stellte den Einkaufskorb auf den Küchentisch und bemerkte den Zettel, den Hindrik hinterlegt hatte. „Ich bin nach Bremen zum Verwaltungschef. Es wird spät", las sie.

Was soll das denn, fuhr es Kathrin Hansen durch den Kopf. Am Morgen hatte Hindrik von dem Termin noch nichts gewusst, das hätte er gesagt. Das konnte nur mit dieser Flüchtlingsgeschichte zusammenhängen, mit diesem Achmed, der Hindrik beschuldigt hatte. Das darf doch nicht wahr sein und wieso ist er noch nicht hier, schoss es ihr durch den Kopf.

Sie war mit der letzten Fähre gekommen und auf dieser hätte spätestens auch Hindrik sein müssen. Oder sie hatte ihn nicht gesehen, trotz der späten Stunde war noch jede Menge Betrieb gewesen. Doch das wollte sie jetzt genau wissen. Sie kramte ihr Handy aus der Tasche um Hindrik anzurufen, als es Pling machte.

Eine App von Hindrik.

Ein ungutes Gefühl beschlich sie.

„Habe es nicht geschafft, übernachte bei einem Freund, komme morgen früh. Alles ist gut", schrieb Hindrik. Frustriert ließ sich Kathrin Hansen auf den Küchenstuhl fallen, ihr Blick wanderte zum Einkaufskorb, der Appetit war ihr vergangen. Minutenlang blickte sie verdrossen nach draußen in den wunderschönen Juniabend hinein. Es war noch hell und sie beschloss, eine Runde am Strand zu laufen.

Später hätte sie nicht sagen können, wieso sie den Schlüssel für das Haus von Tolski eingesteckt hatte. Auf jeden Fall stand sie eine Stunde später im Kavalierpad und betrachtete das imposante Anwesen. Die Dämmerung war herein gebrochen und sie fragte sich, was sie hier eigentlich wollte. Sie betastete den Schlüssel in der Tasche ihrer Shorts und überlegte, ob sie nicht doch noch mal kurz einen Blick in das Innere des Hauses werfen sollte. Aber eigentlich würde das keinen Sinn ergeben. Die Kollegen der Kriminaltechnik und sie mit Maike Jansen hatten alles auf den Kopf gestellt, mehr war nicht drin. Und sie hatte auch keinen Bock drauf, nochmals in dieses Gebäude zu gehen.

Sie kam Linda Soest und ihrem Schicksal dann sehr nahe.

Zu nahe.

Entschlossen dachte sie gerade, ich drehe ab, als sie einen Lichtschein bemerkte, der langsam durch das Untergeschoss wanderte. Ruckartig blieb sie stehen und beobachtete angespannt die Szene. Das kann doch nicht sein, dachte sie. Unmöglich, wer könnte jetzt noch durch das Haus geistern. Kurz darauf blitzte es wieder auf und Kathrin Hansen spürte, wie eine Gänsehaut ihren Rücken überzog.

So ein Mist. Wie immer hatte sie, wenn sie joggen ging, nichts außer ihrer Laufshorts und ein T-Shirt an. Nicht gerade die Kleidung, um in eine Auseinandersetzung zu geraten. Sie kam sich zu verletzbar vor. Was mache ich denn jetzt, überlegte sie und stellte sich hinter ein Gebüsch, um nicht bemerkt zu werden. Kurz darauf sah sie in dem Zimmer, das Linda Soest bewohnt hatte, einen Lichtstrahl, der langsam durch den Raum wanderte. Dann war plötzlich nichts mehr. Sie dachte schon, das wäre es gewesen, die

Haustüre ginge auf und wer auch immer würde sich verdrücken wollen, als sie hörte, dass im Erdgeschoss etwas vor sich ging.

Vandalismus, schoss es ihr durch den Kopf.

Verdammt, das kann ich nicht zulassen. Sie hastete zur Haustür, schloss sie auf und stand in dem dunklen Foyer. Draußen war es um einiges heller gewesen und sie sah erst mal rein gar nichts. Dann hörte sie wie einer schwer atmete und glaubte an der Stirnwand des Raumes eine Bewegung wahrzunehmen. Entschlossen nahm sie den Haustürschlüssel so in die Hand, dass die Metallspitze zwischen ihren Fingern hervor stach. Wenn auch nicht gerade der Hit von einer Waffe, war es immerhin etwas, womit sie sich notfalls verteidigen konnte.

»Polizei«, rief sie in die Dunkelheit hinein und tastete nach einem Lichtschalter.

»Ist hier jemand?«

Noch doofer geht es nicht, dachte sie, aber ihr fiel nichts Besseres ein. Schnell blickte sie zur Eingangstür und bemerkte erleichtert, dass diese noch offen stand. Notfalls wäre sie schnell wieder draußen. Langsam tastete sie mit der Hand die Wand nach einem Lichtschalter ab, ging tiefer in den Raum hinein und hatte plötzlich das Gefühl, jemandem gegenüber zu stehen. Und bevor sie überhaupt reagieren konnte, bekam sie einen kräftigen Stoß vor die Brust und knallte gegen die Wand.

»Arschloch«, brüllte sie und griff sich an die rechte Schulter. Im gleichen Moment sah sie, wie eine Gestalt in einem Kapuzenshirt nach draußen stürmte.

Na, super.

Mit hinterher spurten war nicht, durch das dünne T-Shirt hatte sie heftig was abbekommen und sie fühlte sich leicht benommen. Ein paar Schritte weiter fand sie einen Lichtschalter und atmete erleichtert auf, als es hell im Raum wurde. Als sie sich umsah, bemerkte sie ein Gemälde, das auf dem Boden lag. Ihr Blick wanderte zu der Wandfläche, auf der es gehangen haben musste. Beide Haltehaken waren heraus gerissenen, ein Zeichen, dass einiges an Gewalt angewendet wurde.

Hier war Wut im Spiel gewesen.

Dafür sprachen auch die zerfetzte Leinwand und der zersplitterte Barockrahmen.

Nein, das war keine Wut, fuhr es Kathrin Hansen durch den Kopf.

Hier war Hass zum Ausbruch gekommen.

Hass, den auch Tolski zu spüren bekommen hatte.

Sie betrachtete das zerstörte Bild und kam zu dem Schluss, dass es sich um das Portrait von

Tolskis Großvater handeln müsste. Anhand der Fotos, die sie in dem Haus gemacht hatten, würden sie es genau feststellen können. Prüfend sah sie sich um, konnte jedoch keine weiteren Beschädigungen feststellen. Was der Täter in dem Zimmer von Linda Soest gewollt hatte, würde sie später feststellen. Für heute hatte sie die Nase gründlich voll und sie glaubte auch nicht, dass sich in der Nacht noch etwas tun würde. Am Morgen konnte sie sich in dem Haus genauer umsehen. Sie machte das Licht aus, verschloss die Haustür und ging in Gedanken versunken nach Hause.

15. KAPITEL

Sie hatte es gerade noch geschafft bei der Bank eine Rechnung zu überweisen. Eigentlich war die Geschäftsstelle schon am Schließen gewesen, doch Elke Pott, eine Bekannte vom Yoga Kurs, hatte den Auftrag noch schnell erledigt. Nachdem Kathrin Hansen sich von ihr verabschiedet hatte, überlegte sie, was sie noch einkaufen müsste. Hindrik war doch erst nachmittags aus Bremen zurückgekommen und sie freuten sich auf den gemeinsamen Abend.

Gemütlich, entspannt.

Sie würde kochen.

Bei der Überlegung, was es geben könnte, kam ihr der Gedanke, mal wieder was im Wok zuzubereiten. Gemischtes Gemüse und dazu ein Stück Lachs wäre genau das Richtige für den Abend. Ein leichtes Gericht und dazu noch vitaminreich. Sie blickte auf die Uhr und freute sich, dass sie die Besorgungen in Ruhe machen konnte. Hektik hatte sie am Tag schon genug gehabt. Die Überprüfung des Hauses von Tolski hatte mehr Zeit in Anspruch genommen, als ursprünglich geplant war. Als sie Heidkamp über den Einbruch informierte, hatte er überraschend angekündigt, sich das Haus ansehen zu wollen. So war es fast Mittag geworden, als sie im Kavalierpad eintrudelten. Gemeinsam checkten sie die Räumlichkeiten, doch außer dem Bilderschaden, den Kathrin Hansen am Abend bemerkt hatte, war alles in Ordnung. Auch in dem Zimmer von Linda Soest hatte es keine Veränderungen gegeben und nirgendwo gab es einen Hinweis auf den Täter. Durch die dichte Bepflanzung der Außenanlage hatte keiner mitbekommen, dass die Glasscheibe der Terrassentür eingeschlagen wurde und die Alarmanlage war ja deaktiviert gewesen. Wer hätte sich bei Alarm auch darum kümmern sollen.

Heidkamp war von dem Anwesen hellauf begeistert. Das wäre auch schon was für ihn und seine Frau, hatte er sich nebenbei geäußert. Nun ja, dachte Kathrin Hansen, dafür müsste er aber ganz schön was hinblättern. Und so was ganz Bescheidenes, wie seine Frau meinte, war es nun gerade auch nicht. Anschließend hatte Heidkamp sie alle im *Fährmann* zum Essen eingeladen, wobei er darauf bestanden hatte, dass nur Privates auf den Tisch kam. Eine Lagebesprechung gab es anschließend in der Dienststelle. Und die hatte gedauert. Laufend war Heidkamp von irgendwelchen Leuten angerufen worden und führte endlose Gespräche. Als er sich schließlich verabschiedete, um die Fähre am Nachmittag zu bekommen, waren alle genervt. Da hatten auch die drei Kannen Friesentee nichts gebracht, die Ava Sari auf den Tisch gestellt hatte.

Anschließend hatte Kathrin Hansen ihre Leute nach Hause geschickt, das Besprechungsprotokoll geschrieben und dann ebenfalls Schluss gemacht.

Nun schlenderte sie entspannt über die Barkhausenstrasse und überlegte, welcher Wein zur Gemüsepfanne passen würde. Um es sich einfacher zu machen beschloss sie, ihren Weinhändler entscheiden zu lassen. Seine Empfehlungen waren immer treffend gewesen. Als sie sich durch den stark besuchten Außenbereich des Weinhauses zwängte, sah sie ein bekanntes Gesicht.

Bent Maartens, ehemaliger Leiter der Hamburger Mordkommission, der seit zwei Jahren im Ruhestand war und seitdem auf der Insel lebte. Kathrin Hansen musste schmunzeln, als sie daran dachte, dass Maartens immer noch gut vernetzt war und Kontakte bis zum Bundeskriminalamt pflegte. Und ein dicker Freund von Heidkamp war er auch. Beide hatten wohl öfters zusammen gearbeitet, wobei ihre Vorgehensweise nicht immer so ganz der Norm entsprochen haben sollte, wurde erzählt. Sie konnte sich gut vorstellen, wie dieses Gespann so manche Strippen im Hintergrund gezogen hatten. Ohne dass es je einer erfahren würde, verstand sich. Sie hatte noch nicht den Tisch erreicht, als Maartens ihr schon zuwinkte.

»Das nenne ich eine schöne Überraschung«, sagte er und sah sie freudestrahlend an. Mit Blick auf ihren Einkaufskorb erkundigte er sich, ob sie noch viel vor hätte oder ob er sie zu einem Gläschen einladen dürfte. Kurz zögerte Kathrin Hansen, dachte dann aber, warum nicht. Sie hatte Feierabend und auf die Tour konnte sie gleich den Wein für das Abendessen probieren. Entsprechend ließ sie sich vom Chef des Hauses beraten und stimmte seinem Vorschlag, einen leichten Rotwein von der Ahr zu kosten, zu. Immer für eine Weinprobe offen, bestellte Maartens für sich gleich mit. Es entwickelte sich eine angeregte Unterhaltung, in der Maartens erzählte, dass ein Verlag das neue Wimmel Buch, das seine Frau entworfen hatte, in das Vertriebs-Programm aufnehmen wollte.

»Friederike ist ganz aus dem Häuschen«, strahlte er. »Im Ruhestand etwas Sinnvolles zu machen war schon immer ein großer Wunsch von ihr. Kann man ja auch verstehen, nach vierzig Jahre Lehrtätigkeit fällt man im Ruhestand schnell in ein tiefes Loch.

Aber so ist alles ist gut.

Prost.«

Er stieß mit Kathrin Hansen an und bemerkte die dunklen Schatten, die sich unter ihren Augen abzeichneten.

»Aber bei Ihnen ist nicht alles gut.«

Behutsam legte er seine Hand auf ihren Arm und blickte sie besorgt an.

»Kein Wunder. Hintereinander drei Morde, das muss erst einmal verkraftet werden.«

Besonders überrascht war Kathrin Hansen nicht, dass Maartens wieder gut informiert zu sein schien, bestimmt hatte Heidkamp mit ihm gequasselt.

»Glauben Sie, dass es bei diesen Fällen ein gemeinsames Motiv gibt?«, fragte sie und war gespannt auf seine Meinung. Nachdenklich starrte Maartens auf sein Glas und schüttelte schließlich den Kopf.

»Nein. Nicht durchgängig. Der Tod von diesem DJ hat sich wahrscheinlich als Folge nach der Ermordung der jungen Frau entwickelt. Eine Verkettung der Umstände. Der Mann war drogenabhängig, er wusste, dass die Mörder der jungen Frau Drogen hatten und wollte diese Leute erpressen. Deshalb musste er dran glauben.«

Behutsam schwenkte Maartens sein Weinglas, trank einen Schluck und verzog anerkennend die Brauen in die Höhe. »Toller Wein, der wird auch Hindrik schmecken. Sie haben eine gute Wahl getroffen.« Spontan fragte sich Kathrin Hansen, ob Maartens mit der guten Wahl den Wein oder Hindrik gemeint hatte.

»Aber um zu dem Tod von diesem reichen Russen zu kommen«, sinnierte Maartens weiter, »hier muss es ein anderes Motiv geben. Ein persönliches Motiv.«

»Sie denken an seine abgeschnittene Zunge, an den kahl rasierten Kopf? An seine Erniedrigung, bevor er erdrosselt wurde?«

»Genau. So ein Vorgehen hat Symbolcharakter.«

»Sie meinen, es könnte Rache gewesen sein?«, hakte Kathrin Hansen ein.

»Davon bin ich überzeugt. Bei den ersten beiden Morden haben die Täter quasi im Affekt gehandelt, bei dem Russen war es eine Tat mit Hintergrund.«

Mit seinen klugen Augen blickte Maartens die Hauptkommissarin verschmitzt an.

»Zufälligerweise habe ich heute Morgen mit einem Bekannten im BKA telefoniert. Zwangsläufig kam das Gespräch auf die Morde hier auf Langeoog zu sprechen. Auf den Tod von Lucas Tolski. Ehrlich gesagt, sind die nicht gerade traurig über sein Ableben. Der Mann stand schon lange auf der Abschussliste.«

Innerlich musste Kathrin Hansen grinsen. Da war es wieder, dieses »zufälligerweise.« Garantiert hatte Maartens bewusst seine Verbindungen angezapft. Aber okay, davon konnte sie nur profitieren. Ihr kam das zerstörte Bild des Großvaters von Tolski in den Sinn, hier konnte sie mal nachhaken.

»Über die Familie Tolski wissen Sie nicht auch zufälligerweise Genaueres?«, sagte sie mit Schalk in den Augen.

»Sie haben mich durchschaut«, schmunzelte Maartens.

»Aber egal.

Also, die Familie Tolski hat schon zu Zeiten des Zaren in St. Petersburg großen Einfluss gehabt. Die Männer bekleideten allesamt hohe militärische Posten und sorgten durch Einheirat in wohlhabende Familien für immer mehr Reichtum. Auch nach der Zarenzeit haben sie es immer verstanden, sich nach der Fahne zu drehen. Ob das zu Stalins Zeiten, oder unter der Fuchtel der Kommunisten war, der Einfluss der Tolskis war ungebrochen. Selbst im Zweiten Weltkrieg waren einige von ihnen hohe Offiziere und haben gegen die Deutschen gekämpft. Und dabei alles geplündert, was ihnen unter die Finger kam.«

Versonnen blickte Maartens auf die Feriengäste, die auf der Barkhausenstrasse daher schlenderten.

»Erst, als es mit der Macht der Sowjetunion immer mehr bergab ging, bröckelte auch der Einfluss dieser Familie. Das Geld wurde knapp und die junge Generation beschloss, es sich auf andere Weise zu besorgen. Und der aktivste von ihnen war dieser Lucas Tolski. Ihm war nichts heilig, für Geld machte er alles. Nur auf seine Familie ließ er nichts kommen. Seine Mutter muss er regelrecht angehimmelt haben, sie war für ihn eine Heilige.«

»Stimmt, er hat mir ihr Bild in seinem Haus gezeigt, seine Verehrung zu ihr war deutlich zu spüren«, äußerte sich Kathrin Hansen. »Überhaupt, seine Vorfahren hängen alle gut gestylt in Barockrahmen in seinem Haus hier auf der Insel. Genau wie Sie sagen, der Mann hatte Familiensinn.

Aber«, Kathrin Hansen sah den ehemaligen Chef der Hamburger Mordkommission interessiert an.

»Sie wissen viel über Lucas Tolski und seine Familie, hatten Sie früher schon mit diesem Clan zu tun?«

»Und ob. Seinerzeit wurden in Hamburg drei Prostituierte ermordet. Die Frauen wollten aussteigen, ein neues Leben beginnen. Ihr Zuhälter sah das anders und als sie sich geweigert haben weiter zu machen, fand man sie tot in der Alster. In Hamburg ist das Geschäft mit der Prostitution zu hundert Prozent in russischer Hand. Nun raten Sie mal, wer der Boss von diesem Verein ist.«

»Tolski?

Lucas Tolski?«

»Nicht ganz. Sein jüngerer Bruder Andrej hat dort das Sagen. Aber der ist nicht weniger skrupellos als sein Bruder. Andrey wird nachgesagt, dass er mit Vorliebe seinen Opfern das Genick bricht. Von Hand versteht sich. Er ist ein Ochse von einem Mann.«

»Mein Gott noch«, bei der Vorstellung lief es Kathrin Hansen kalt über den Rücken. »Mit was für Ungeheuer haben wir es hier zu tun.«

»Genau.

Damals haben die Morde an den Frauen viel Wirbel ausgelöst, es wurde gegen den Tolski Clan umfangreich ermittelt. Europol und sogar das FBI wurden involviert.«

Resigniert zuckte Maartens mit den Schultern.

»Aber wie schon so oft, verlief am Ende alles im Sande. Es gab keine Zeugen, die bereit waren auszusagen. Alle hatten höllische Angst um ihre Familien, oder sie wurden mit Geld zum Schweigen gebracht.«

Auf der Stirn von Maartens bildete sich eine tiefe Falte.

»Der Mord an Lucas Tolski stinkt nach Rache, nach Vergeltung. Wir können nur hoffen, dass der, oder die Mörder, Langeoog verlassen haben. Solche Leute sind unberechenbar. Wenn denen was in die Quere kommt, schlagen die zu.«

Der Schauder, der Kathrin Hansen über den Rücken gelaufen war, wiederholte sich. Wurde bedrückender. Was Maartens sagte, waren auch ihre Befürchtungen. Wenn es auf der Insel auch keine schnellen Fluchtwege gab, bestand immer die Gefahr, dass solche extreme Typen ausrasteten.

»Was mir ein Rätsel aufgibt«, meinte sie nachdenklich, »ist die Zerstörung des Portraits von dem Großvater von Lucas Tolski. Der

Mann ist doch etliche Jahre tot. Wer sollte den jetzt noch so hassen, dass er dessen Bild zerstört. Ich habe da einfach keine Idee.

Und dann ist da noch was.«

Kathrin Hansen nahm fahrig ihr Weinglas in die Hand.

»Was hat der Eindringling in dem Zimmer von Linda Soest gewollt? Er ist gezielt ins Obergeschoss gegangen, hat den Raum durchleuchtet und ist dann wieder runter ins Erdgeschoss. Ohne sich oben die anderen Räume anzusehen, ich habe es genau beobachtet.«

Bei der Überlegung schoss ihr ein Gedanke durch den Kopf.

»Was ist, wenn der Täter in dem Umfeld von Linda Soest zu finden ist?

Wenn er Rache für ihren Tod nehmen wollte?

Wenn er das Gemälde im Foyer aus Wut zerstört hat, ohne sich Gedanken zu machen, was für ein Bild das ist? Und hätte er noch mehr zerstört, wenn ich nicht plötzlich aufgetaucht wäre? Verdammt, in diesem Kreis zu suchen, haben wir vernachlässigt.«

Entschlossen sah sie Maartens an.

»Ich muss zu der Lebensgefährtin von Linda Soest, wenn ich auch überhaupt keinen Bock habe, deshalb nach Köln zu fahren.«

»Köln?«

Maartens sah sie strahlend an.

»Da müsste ich auch hin. Was halten Sie davon, wenn wir zusammen fahren?«

Einen Moment zögerte Kathrin Hansen, dann fand sie das direkt gut. Mit Maartens im Schlepptau konnte die Tour direkt noch unterhaltend werden.

Zuhause angekommen, ging Kathrin Hansen erst einmal ins Bad. Nach dem langen Tag kam sie sich muffig vor, da half nur Wasser von oben. Frisch geduscht, mit einem weiten, bequemen T-Shirt und einer Shorts bekleidet, fühlte sie sich um einiges wohler. Nun hatte sie auch so richtig Lust aufs Kochen und begann das Essen zuzubereiten. Wenn Hindrik kam, sollte die Gemüsepfanne auf dem Tisch stehen. Zwischendurch deckte sie den Tisch auf der Terrasse und beobachtete, wie trotz der späten Stunde eine Familie am Strand noch eine Sandburg baute. Denen muss es so gut gefallen, dass sie sich nicht davon trennen können, dachte sie. Irgendwie wurde sie ein bisschen neidisch. Kinder, das war ein Thema, an das sie immer öfter denken musste. So langsam kam sie in das Alter, wo sie nicht mehr allzu viel Zeit hatte, um Kinder bekommen zu können. Dabei war es für

Hindrik und für sie klar, dass sie Kinder wollten und wenn es nach Hindrik ginge, würde auch nicht mehr gewartet. Aber sie schob das Thema immer wieder nach hinten. Sie wollte sicher sein, dass sie und Hindrik für ein gemeinsames Leben geschaffen waren, erst dann wollte sie Verantwortung für Nachwuchs übernehmen. Tief in ihrem Inneren bohrte es immer noch, dass ihre Ehe gescheitert war, auch wenn sie sich selbst keine Schuld dafür gab. Aber sie wusste auch, sie musste weg von diesen Gedanken, alleine schon aus Fairness Hindrik gegenüber. Seufzend blickte sie nochmals zu der Familie hin und ging dann in die Küche um nach dem Essen zu sehen.

So richtig schön satt und zufrieden rekelte sich Hindrik in seinem Terrassenstuhl. Beim Verwaltungsrat der Stiftung, die Träger seines Sonderpädagogischen Erholungsheims war, hatte man sich bei ihm für die Beschuldigungen, die der Flüchtling Achmed gegen ihn erhoben hatte, entschuldigt. Das Gremium der Stiftung, das alle Kinder und Jugendliche überprüfte, bevor sie zu Hindrik nach Langeoog geschickt wurden, war selbst getäuscht worden. Gefälschte Papiere von Achmed, die bei seiner Einreise als echt angesehen wurden, waren der Grund für diese unangenehme Geschichte. Als Hindrik auf Langeoog von der Fähre ging, war Achmed schon nicht mehr auf der Insel. Tagsüber hatte ihn die Ausländerbehörde bereits abgeholt.

»So ist das manchmal«, philosophierte Hindrik und sah Kathrin Hansen mit glänzenden Augen an.

»Heute Morgen, als ich den Anruf von Bremen bekam, dass ich mich einzustellen hätte, wäre ich vor Wut fast geplatzt und jetzt sitze ich hier, habe phantastisch gegessen und könnte die Welt umarmen.«

»Vielleicht fängst du damit ja bei mir an«, meinte grinsend Kathrin Hansen. Auch sie fühlte sich rundum wohl. Als Hindrik ihr berichtet hatte, wie es in Bremen gelaufen war, war ihr ein Stein von der Seele gefallen. Aus Erfahrung wusste sie nur zu gut, was aus so einer Anschuldigung, wie der syrische Flüchtling sie gegen Hindrik erhoben hatte, werden konnte. Sie hatte erlebt, dass sich Beschuldigte psychisch nie wieder so richtig davon erholt hatten. Und dann war ihr auch noch das Essen so gut gelungen, der Abend war perfekt.

Na ja, fast.

Hin und wieder dachte sie daran, dass der Mord an Tolski noch ungeklärt war. Dass sie keinen blassen Schimmer hatten, was genau dahinter steckte. Und je nachdem wie sie ihre Schulter drehte, hatte sie Schmerzen, wurde ihr bewusst, dass körperliche Gewalt gegen sie angewendet wurde. Diese Geschichte hatte sie Hindrik nicht erzählt, er hätte sonst keine Ruhe mehr und sie wollte die Stimmung nicht verderben.

Sie stand auf um den Tisch abzuräumen, als Hindrik sie sanft am Arm fasste und sie auf den Zweisitzer bugsierte. Ihr Lieblingsplatz auf der Terrasse.

»Ich übernehme heute die Küche«, murmelte er und küsste sie behutsam in den Nacken.

»Aber erst genießen wir noch den schönen Abend.«

Und es war wirklich traumhaft.

Kathrin Hansen blickte fasziniert auf die dunkle Wasserfläche des Meeres, beobachtete die Lichtreflexe der versinkenden Sonne, die über die Wasserfläche tanzten. Paare, die aussahen wie Schattengestalten, schlenderten Hand in Hand am Strand entlang, blieben stehen, küssten sich. Es war eine Atmosphäre, die Kathrin Hansen glücklich machte. Hindrik musste es genau so gehen, sie fühlte wie seine Wärme sich auf sie übertrug und wie Schmetterlinge in ihrem Bauch anfingen zu purzeln.

»Haben wir noch etwas Wein?«, meinte Hindrik und schielte zu der Flasche auf dem Tisch.

»Ich denke schon«, antwortete Kathrin Hansen. »Aber«, sie blickte ihn schelmisch an, »der kostet was.«

»Okay, dann wird jetzt erst einmal bezahlt«, meinte er schmunzelnd. »Schulden mag ich ja nun gar nicht.«

Als Kathrin Hansen verschmitzt meinte, sie könnte sich vorstellen, den letzten Schluck Wein im Bett zu genießen, meinte Hindrik, das wäre eine richtig gute Idee.

16. KAPITEL

Zum Glück hatte Kathrin Hansen, bevor sie in Bensersiel gestartet war, den Verkehrsfunk eingeschaltet und sich für die Fahrt auf der A1 entschieden. Tatsächlich war sie ohne Stau durchgekommen und jetzt, schon auf der A45 in Richtung Olpe, hörte sie laufend die Staumeldungen von der A3, die sie alternativ hätte fahren können. Auch Maartens war der Meinung, dass es gut gewesen war, diese Route zu wählen.

»Überhaupt«, meinte er, »ist die Gegend hier viel schöner. Man sieht schon die westlichen Ausläufer des Sauerlandes und gleich auf der A4 geht es durch das Bergische Land bis nach Köln.«

»Im Bergischen habe ich auch mal zu tun gehabt«, äußerte sich Kathrin Hansen. »Das war zu der Zeit, als ich noch in Köln beschäftigt war. Damals gab es in Engelskirchen eine Einbruchserie. Aber auch andere Gebiete, die eine Anbindung an die A4 hatten, waren betroffen. Das Prinzip der Bande war einfach: Runter von der Autobahn, in der Nähe einen schnellen Bruch machen und dann wieder flugs auf die A4 und weg. In Zusammenarbeit mit den Gummersbacher Kollegen haben wir die Brüder nach Wochen schließlich gefasst. Rumänen, die ihre Beute in einer alten Werft am Rhein horteten.«

Nachdenklich trommelte Kathrin Hansen mit den Fingern auf das Lenkrad.

»Sie können sich nicht vorstellen, was da zusammen gekommen ist. Klamotten wie Pelze, hochwertige Hightech Geräte, Luxusuhren, Schmuck, Kunst, überhaupt alles, was richtig Kohle brachte.«

»Hatten Sie in Köln eine schöne Zeit?«, fragte Maartens interessiert und Kathrin Hansen fragte sich, ob er wirklich nicht wusste, dass sie dort einen Kollegen kennen gelernt und geheiratet hatte und dass schließlich alles den Bach runter gegangen war. Dass sie sich deshalb für Langeoog entschieden hatte. Nein, Maartens weiß nichts davon, entschied sie. Er ist nicht der Mann, der so tut als ob, nur um Genaueres hören zu wollen. Heidkamp wird mit ihm nicht darüber gesprochen haben, hätte sie auch gewundert. Ihr Vorgesetzter konnte verschlossen sein wie eine Auster.

»Während meiner ersten Dienstjahre habe ich in Köln viel gelernt«, wich sie aus. Es gab gute Kollegen, mit denen ich im Team gearbeitet habe und was ganz wichtig gewesen ist, ich war in mehreren Dezernaten tätig.« Sie wollte näher darauf eingehen, als die Freisprechanlage sich meldete.

Heidkamp.

Der muss Gedanken lesen können, schoss es ihr durch den Kopf.

»Wo schwirren Sie denn derzeit herum?«, ließ sich der Kriminalrat vernehmen. Anscheinend hatte ihn auf der Dienststelle niemand informiert, dass sie zu Ulrike Förster unterwegs war. Kathrin Hansen erklärte ihm den Zweck ihrer Fahrt und dass sie einen prominenten Beifahrer an Bord hätte. Es blieb einen Moment ruhig, dann hörten sie, wie Heidkamp leise vor sich hin gluckste. »Da kenne ich nur einen, der sich an Sie heran schmeißen würde, um mit Ihnen eine Spritztour nach Köln zu machen«, klang es gutmütig aus der Freisprechanlage.

»Grüß dich Bent.«

»Hast mich erwischt«, gab Maartens grinsend zurück. »Aber Berend, du bist doch nur neidisch, dass du nicht hier sitzt.«

»Stimmt. Dafür habe ich aber eine gute Nachricht.

Koslov hat gesungen.

Er hat ausgesagt, dass sein Kollege Petrow die Prostituierte in der Schweiz getötet und den DJ King am Strand erschossen hat. Wir haben sein schriftliches Geständnis.«

»Und was ist mit dem Tod von Linda Soest?«, hakte Kathrin Hansen sofort ein. Dieses Verbrechen lag ihr nach wie vor am schwersten auf der Seele.

»Tja, hier behauptet Koslov, dass sein Boss einmal erwähnt hätte, dass er aus irgendwelchen dunklen Quellen Killerdrogen angeboten bekommen hätte. Aber mehr könnte er nicht dazu sagen. Koslov macht weiterhin einen auf nicht schuldig. Doch er bestätigt, das Tolski außer sich vor Wut gewesen sei, das Linda Soest ihn hat abblitzen lassen. Sie muss verschwinden, soll er sich geäußert haben. Das kann man nun glauben oder auch nicht, Tolski kann nicht mehr das Gegenteil beweisen und Petrow hat von der Sache nichts mitbekommen, behauptet er. Verantwortlich ist auf jeden Fall Tolski, selbst dann, wenn Koslov auf seine Anordnung hin die tödliche Droge in das Glas der Frau gekippt hat.«

»Das bedeutet, dass die Morde an Linda Soest und King für uns erledigt sind«, stellte Kathrin Hansen klar.

»Genau. Mit Petrow und Koslov wird sich jetzt die Staatsanwaltschaft beschäftigen. Aber apropos Linda Soest, was erhoffen Sie sich von Ulrike Förster, was im Fall Soest jetzt noch relevant sein könnte?«

»Nicht im Fall Soest, es geht um den Mord an Lucas Tolski«, stellte Kathrin Hansen klar. »Es könnte da eine Verbindung geben.«

Einen Moment ließ Heidkamp den Gedanken sacken und bat dann die Hauptkommissarin, ihn so bald wie möglich über die Ergebnisse zu informieren. Anschließend meinte er zu Maartens, ob er sich noch daran erinnern könnte, dass sie in Köln schon mal das eine oder andere leckere Kölsch zusammen getrunken hatten. »Vorwiegend im Brauhaus Früh«, meinte er mit einem vergnügten Unterton. »Schade, dass ich nicht bei euch bin, die Sauren Nierchen dort sind ein Gedicht.«

Kathrin Hansen blinzelte zu Maartens hin und konnte sehen, wie er sein Gesicht zu einem Grinsen verzog. War ja klar, die alten Herren hatten da so ihren eigen Code.

»Habe verstanden Berend. Diese unangenehme Aufgabe müssen wir dann ja wohl für dich übernehmen«, gab Maartens zurück. »Wenn auch ungern«, legte er nach und Kathrin Hansen konnte beobachten, dass sein Grinsen noch breiter wurde.

Waren sie auf der Autobahn ohne Stau gefahren, ging es vor der Zoobrücke mit stockendem Verkehr weiter. Der Vorteil war, Kathrin Hansen konnte mal wieder in Ruhe das beeindruckende Panorama von Köln betrachten. Mehrere weiße Passagier Schiffe zogen gemächlich über den Rhein in Richtung Siebengebirge, Fährboote kreuzten von einer Rheinseite auf die andere und am Kai der Altstadt sah Kathrin Hansen ein holländisches Kreuzfahrtschiff vor Anker liegen. Sicherlich hatten die Passagiere sich einen schönen Abend in der Altstadt gemacht, ging es ihr durch den Kopf. Schließlich blieb ihr Blick am Dom hängen. Gegenüber dieser Kathedrale kam sie sich immer wie ein Winzling vor und sie staunte aufs Neue, dass vor vielen hundert Jahren wagemutige Baumeister damit begonnen hatten, dieses Bauwerk zu planen und zu bauen.

Maartens neben ihr musste ähnliche Gedanken haben, er meinte, dass es für ihn jedes Mal faszinierend sei, dass die Fundamente des Doms die Jahrhunderte überstanden hätten.

»Trotz unzähliger Erschütterungen steht er immer noch. Denken Sie nur an den Zweiten Weltkrieg, wo rund um den Dom alles in Schutt und Asche bombardiert wurde und er am Schluss teilweise selbst zerstört wurde.« Abschätzend blickte Maartens zu der Hauptkommissarin hin und als er ihr Interesse an dem Thema bemerkte, schlug er vor, später einen Blick ins Innere der Kathedrale zu werfen.

»Gerne«, stimmte Kathrin Hansen zu.

»Ich war schon eine Ewigkeit nicht mehr im Dom und würde mir gerne das Fenster ansehen, das Gerhard Richter geschaffen hat. Bei dem tollen Licht, das wir heute haben, müssen die Farben ja fantastisch wirken. Am besten fahre ich ins Parkhaus unter der Domplatte, dann sind wir quasi zentral vernetzt. Von dort aus sind Sie direkt in der Marzellen Straße bei ihrem Rechtsanwalt und ich habe es nicht weit bis zur Agentur in der Komödien Straße.«

»Wunderbar«, stimmte Maartens zu. »Und danach treffen wir uns beim Früh.

Sie sind eingeladen.«

Auf der Komödien Straße wirkte alles dezent, fast schon sakral, empfand Kathrin Hansen. Zweifellos war auch hier der Einfluss des Doms von gegenüber zu spüren. Es gab keine grelle

Boutique, keine Dönerbude. Ein Geschäft, an dem sie vorbeikam, verkaufte Messgewänder und Kelche, mit denen die Kommunion ausgegeben wird. Überhaupt gab es nur Artikel für den kirchlichen Bedarf. Da hat sich Ulrike Förster für ihre Agentur aber eine verdammt fromme Gegend ausgesucht, überlegte Kathrin Hansen und blickte auf die dezente Tonplatte auf der weiß getünchten Hauswand. *Lingua Agentur*, war in einer feinen Groteskschrift eingebrannt. Nun war sie echt gespannt, was sie erwarten würde. Kaum hatte sie die Sprechanlage aktiviert und ihren Namen genannt, summte auch schon der Türöffner und sie betrat ein Foyer, das schon fast wie ein Ausstellungsraum wirkte. An den Wänden hingen auf dicken, schwarzen Holzplatten aufgeblockte Schriftposter. Beim Näherkommen erkannte sie, dass jedes Dokument in einer anderen Fremdsprache verfasst war. Alle Poster waren auf blütenweißes Büttenpapier gedruckt.

Beeindruckt ließ Kathrin Hansen ihren Blick durch den Raum wandern und ihr entfuhr beim Anblick der mittelalterlichen Druckerpresse, die im Zentrum des Foyers stand, ein ehrfürchtiges »Wow.«

»Auf die bin ich ganz besonders stolz«, ließ sich eine leise Stimme in ihrem Rücken vernehmen. »Dies ist ein Nachbau der Original Gutenbergpresse, die im Gutenberg Museum in Mainz steht.«

Kathrin Hansen drehte sich um und sah sich einer blassen, ernst blickenden Frau gegenüber. Wie schon bei ihrem letzten Zusammentreffen machte Ulrike Förster einen sehr gepflegten Eindruck, wobei das Makeup die dunklen Schatten unter ihren Augen nicht überdecken konnte. Überhaupt hatte Kathrin Hansen den Eindruck, dass die Agenturchefin an Ausstrahlung verloren hatte. Sie wirkte fahrig, nervös, angeschlagen. Mit dem Verlust ihrer Lebensgefährtin schien sie nur schwer klar zu kommen.

»Entschuldigen Sie, dass ich Sie nochmals mit dem Tod Ihrer Lebensgefährtin behelligen muss«, begann Kathrin Hansen, »aber ich brauche in einer Sache Klarheit.«

»Klarheit?«

Ulrike Förster verzog abweisend das Gesicht.

»Ist es nicht klar genug, das Linda nicht mehr lebt, dass sie brutal ermordet wurde?

Dass ihr Mörder immer noch frei herum läuft?«

In dem Moment war Kathrin Hansen froh, dass sie nach Köln gefahren war, am Telefon hätte die Frau wahrscheinlich schon aufgelegt.

»So stimmt das nicht«, erwiderte sie. »Leider darf ich Ihnen wegen dem noch laufenden Verfahren nicht mehr dazu sagen.« Rasch überlegte Kathrin Hansen, wie sie es am besten anstellen konnte, Ulrike Förster aus der Reserve zu locken. Es war nicht damit zu rechnen, dass sie mithelfen würde, die Person zu fassen, die den Mörder ihrer Lebensgefährtin getötet hatte.

»Kommen Sie, setzen wir uns«, meinte Ulrike Förster etwas freundlicher. »Kann ich Ihnen etwas anbieten, Sie haben eine lange Fahrt hinter sich.«

Dankend lehnte Kathrin Hansen ab, sie wollte zur Sache kommen. Plötzlich fühlte sie sich in dieser staubtrockenen Atmosphäre nicht mehr wohl und sie fragte sich, wie Linda Soest das empfunden haben mochte.

»Um endgültig die Ermittlungen abschließen zu können, fehlen uns noch Angaben über persönliche Bekannte von Linda Soest«, tastete sich Kathrin Hansen vor. »Das ist ein ganz normales Vorgehen um das Umfeld eines Opfers umfassend zu dokumentieren. Nur für den Fall, dass später einmal Nachfragen entstehen könnten.« Das stimmte zwar so nicht, aber Kathrin Hansen sah keine andere Möglichkeit, die Frau zum Reden zu bringen. Sie bemerkte, wie die Agenturchefin sich versteifte.

»Linda hatte keine persönlichen Bekannten mit denen sie Kontakt pflegte«, erklärte sie für Kathrin Hansens Geschmack etwas zu aggressiv. Konnte es sein, dass diese Frau ihre Lebensgefährtin voll und ganz für sich in Beschlag genommen hatte? Dass sie Linda Soest keinen Freiraum gelassen hatte? Immerhin war die Ermordete um etliche Jahre jünger. Vielleicht hatte Ulrike Förster Angst gehabt, ihre Lebensgefährtin hätte sich in eine andere vergucken können.

»Aber Linda Soest muss doch, bevor sie Sie kennenlernte, Bekannte, Freunde oder vielleicht sogar eine Beziehung gehabt haben«, bohrte Kathrin Hansen nach. Es blieb einen Moment still zwischen ihnen. Sie merkte, wie es in Ulrike Förster arbeitete und war sich sicher, dass diese Frau etwas verschwieg.

»Ja, es gab da jemanden, bevor Linda mich kennen lernte«, quetschte Ulrike Förster schließlich heraus. Ihr verschleierter Blick verlor sich im Raum.

»Linda hatte eine Beziehung zu einem Mann, eine Beziehung, die in einem Chaos endete. Zu spät wurde sich Linda bewusst, dass sie für eine Gemeinsamkeit mit einem Mann nicht geschaffen war. Einige Zeit hatte sie versucht, dies zu ignorieren, was ihr schwer zu schaffen gemacht hat. Schließlich konsultierte sie eine Psychologin, die ihr klar machte, wo das Problem lag. Kurz darauf habe ich Linda in der Philharmonie kennen gelernt, in der Konzertpause. Zufällig tranken wir am gleichen Stehtisch ein Glas Sekt. Vorher hatten wir uns nicht beachtet. Schnell merkte ich, dass mit ihr was nicht stimmte. Während wir über Belangloses plauderten, blickte Linda permanent nach allen Seiten, sie war nervös, nein, stimmt nicht, sie war ängstlich.

Extrem ängstlich.

Warum auch immer fasste sie schnell Vertrauen zu mir und erzählte mir ihre Geschichte. Lens Menden, so hieß ihr Freund, konnte nicht akzeptieren, dass sie sich von ihm trennen wollte. Als Linda dann endgültig aus der gemeinsamen Wohnung ausgezogen ist, hat er ihr nachgestellt, sie täglich mehrmals angerufen, gedroht sich umzubringen, wenn sie nicht zu ihm zurückkäme.

Menden agierte wie ein gnadenloser Stalker.

Für Linda wurde es die Hölle.«

Aufgewühlt stand Ulrike Förster auf und ging hin und her. Ihre Gedanken kehrten zu dem Abend zurück und sie hätte alles dafür gegeben, wenn sie diesen nochmals erleben könnte.

»Nach dem Konzert haben wir uns an der Garderobe getroffen und ich habe Linda spontan zu einem Absacker zu mir nach Hause eingeladen.«

Ulrike Förster wischte sich einige Tränen ab.

»Bei dem Absacker ist es nicht geblieben, es wurde unsere erste gemeinsame Nacht. Es war wunderschön, Linda fühlte sich frei und seit langem wieder glücklich. Bereits am nächsten Tag hat sie ihren Job gekündigt, sie war Freelancer für ein Übersetzungsbüro, und ist zu mir gezogen. Ein paar Jungs, die ich gut kenne, haben Lens Menden dann davon überzeugt, dass er Linda zukünftig in Ruhe lassen sollte. Ich glaube, der Mann hat eine Woche im Krankenhaus verbracht, um sich das genau überlegen zu können.«

Schlagartig wurde Kathrin Hansen klar, das Ulrike Förster durchaus in der Lage gewesen wäre, den Mörder ihrer geliebten Lebensgefährtin zu töten, ja selbst auch zu foltern. Diese Frau konnte genauso grenzenlos hassen wie lieben.

»Mein erster Gedanke war, dass dieser Lens Menden Linda getötet hat«, unterbrach Ulrike Förster die Überlegungen von Kathrin Hansen.

»Aus Rache, weil sie für ihn verloren war.

Aber er war es nicht.

Als ich von Langeoog zurückkam, habe ich einen Privatdetektiv beauftragt zu überprüfen, wo sich Lens Menden am Todestag von Linda aufgehalten hat. Das Schwein war auf Mallorca. Er hat sich dort mit billigen Frauen herumgetrieben. Dafür gibt es Zeugen.«

Herausfordernd sah Ulrike Förster die Hauptkommissarin an.

»Sie können das gerne überprüfen.«

Sofort stellte sich Kathrin Hansen die Frage, ob Lens Menden der Mörder von Tolski sein könnte. Es würde passen. Psychopathen wie Stalker sind hochgradig sensibel und wenn ihnen das, was sie lieben, genommen wird, sind sie zu allem fähig. Lens Menden könnte herausgefunden haben, das Linda Soest mit Lucas Tolski nach Langeoog gefahren ist, er könnte geglaubt haben, dass sie sich von Ulrike Förster getrennt und einen neuen Freund hatte. Mit neuer Hoffnung ist er ihr nach Langeoog nachgefahren, hat sie dort gestalkt und gesehen, was mit ihr passiert ist. Der weitere Ablauf hat sich dann von selbst entwickelt.

Könnte so gelaufen sein, überlegte Kathrin Hansen, wobei ihr Bauchgefühl ihr etwas anderes sagte. Eher neigte sie dazu zu glauben, dass Ulrike Förster für den Mord an Lucas Tolski verantwortlich war. Die Frau war voller

Hass und sie musste an die Jungs denken, die von der Agenturchefin schon einmal angeheuert wurden. Jedenfalls mussten sie Lens Menden überprüfen. Kathrin Hansen blickte Ulrike Förster geradeaus an.

»Sind Sie selbst nach dem Tod ihrer Lebensgefährtin nochmals auf Langeoog gewesen, also nachdem sie wieder in Köln gewesen sind?«

»Was?«

Entsetzt riss Ulrike Förster die Augen auf.

»Warum fragen Sie mich das?

Nein.

Um alles in der Welt werde ich keinen Fuß mehr auf diese Insel setzen. Alles käme wieder hoch, ich glaube, ich würde an jeder Düne Linda stehen sehen.« Sie schlug die Hände vor das Gesicht und schluchzte leise. Kathrin Hansen wurde klar, dass sie Schluss machen musste. Sie versuchte Ulrike Förster zu beruhigen, ließ sich noch die Adresse von Lens Menden geben und verließ aufatmend das Haus.

Noch auf dem Weg zum Brauhaus schickte sie Ava Sari eine Mail mit der Anweisung, Recherchen über Lens Menden durchzuführen. Schwerpunkte die Todestage von Linda Soest und Lucas Tolski. Weiter musste verdeckt überprüft werden, was Ulrike Förster in dem

Zeitraum, als Tolski ermordet wurde, gemacht hatte. Hier mussten die Kollegen aus Köln helfen, egal wie sie das anstellten.

Erleichtert steckte Kathrin Hansen das Handy in die Tasche und freute sich nun auf ein entspanntes Mittagessen mit Maartens. Das Brauhaus kannte sie aus der Zeit, als sie in Köln ihren Job machte. War im Kollegenkreis nach Feierabend ein Bierchen angesagt traf man sich beim Früh. Und wie früher, war die Gaststätte auch heute brechend voll. Die Blicke einiger männlicher Gäste ignorierend, quetschte sie sich durch den Ausschank und entdeckte Maartens an einem Ecktisch. Er winkte ihr zu und sie registrierte seine zufriedene Miene. Na, anscheinend hat er wenigstens Erfolg gehabt, ging es ihr durch den Kopf.

Sie saß noch nicht ganz, als auch schon eine Gestalt in Blau an den Tisch heran schwebte, zwei Kölsch mit Schwung auf die Tischplatte knallte, das noch nicht ganz geleerte Glas von Maartens ohne mit der Wimper zu zucken abräumte, und meinte, ob es denn auch was zu Essen sein dürfte.

»Die Haxe ist heute besonders frisch«, meinte der Köbes jovial.

»Die Schweine sind heute Morgen hier noch durch die Bude gelaufen.«

Alles wie gehabt, schmunzelte Kathrin Hansen und bestellte mit Maartens Saure Nierchen.

»Man sollte glauben, die Zeit wäre hier stehen geblieben«, äußerte sich Maartens. »Allerdings waren die Typen früher doch noch origineller. Anno Pief wurde hier als Köbes nur derjenige eingestellt, der ein Mindestmaß an Bauchumfang vorweisen konnte. Das sah dann so aus, dass man nie genau wusste, ob der Gürtel die Hose, oder den Bauch über der Hose hielt. Und eine kölsche Aussprache war natürlich ein Muss. Heute versuche ich schon mal heraus zu hören, ob die Bedienung aus Sachsen, Thüringen oder weiß woher sonst noch kommt.

Wie auch immer, die Sauren Nierchen waren super lecker und Kathrin Hansen war nahe daran, Heidkamp ein Selfie zu schicken.

»Und, ist es gut gelaufen?«, fragte Maartens beim Essen.

»Sind Sie weiter gekommen?«

Kathrin Hansen schüttelte den Kopf.

»Nicht wirklich. Es gibt einige Aspekte, die überprüft werden müssen, aber ich glaube nicht, dass diese uns weiter bringen.« In Kurzform berichtete sie über die Unterhaltung mit der Agenturchefin.

Nachdenklich wiegte Maartens den Kopf hin und her.

»Denken Sie daran, das Tolski die Haare abgeschnitten wurden, dass man ihm die Zunge heraus geschnitten hat. Passen diese Handlungen zu Ulrike Förster? Kann man sich eine solche Vorgehensweise bei einem Stalker vorstellen? Oder hat der Mord an Tolski doch einen ganz anderen Hintergrund?«

Kathrin Hansen trank ihr Kölsch aus und winkte dem Köbes, der mit einem Bierkranz herangeschossen kam, ab.

»Für mich ein Wasser«, bat sie, während sich Maartens noch ein Kölsch gönnte.

»Ich muss ja nicht fahren«, schmunzelte er und lehnte sich behaglich in seinem Stuhl zurück.

17. KAPITEL

Kathrin Hansen hatte schlecht geschlafen, die Fahrt nach Köln saß ihr noch in den Knochen. Auf der Rückfahrt hatte sie auch noch lange in einem Stau gestanden. Sie war nervös, gereizt. Es ging nicht so richtig weiter und das machte ihr zu schaffen. Für neun Uhr hatte sie in der Dienststelle eine Besprechungsrunde angesetzt, Heidkamp hatte sie bereits auf der Rückfahrt von Köln über das Gespräch mit Ulrike Förster informiert und sie hatte das Gefühl gehabt, dass er mächtig unter Druck stand. Ihm trat die Polizeidirektion auf die Füße, hatte er sich geäußert. Irgendeiner hatte Infos über den Mord an Lucas Tolski an die Presse weitergegeben und nur dem guten Verhältnis des Polizeipräsidenten zu den Medien war es zu verdanken, dass noch nichts veröffentlicht wurde. Und dann war da noch ein Anwalt aus Sankt Petersburg aufgetaucht. Im Auftrag der Familie Tolski drängte er auf eine umfassende Information, unter welchen Umständen sein Mandant zu Tode gekommen ist.

Mist, dachte Kathrin Hansen, wir brauchen Ergebnisse.

Eine Stunde später stellte Ava Sari eine große Kanne Tee auf den Tisch, reichte ihrer Chefin einen Pott Kaffee, wobei ihr die Ringe unter den Augen von Kathrin Hansen nicht entgingen.

»Okay, fangen wir an«, sagte die Hauptkommissarin und blickte zu Ava Sari hin, die sich an den Tisch gesetzt hatte und ihren Laptop hochfuhr.

»Ava, was hast du über Lens Menden und Ulrike Förster zutage gefördert?«

Kribbelig trommelte Kathrin Hansen mit den Fingern auf den Tisch.

»Fang mit den Alibis der beiden an.«

»Die stehen.«

Bedauernd blinzelte Ava Sari zu ihrer Chefin hin.

»Lens Menden befindet sich noch auf Mallorca, er kommt für den Mord an Tolski nicht in Frage.«

»Könnte er zwischendurch mal Mallorca verlassen haben?«, hakte Maike Jansen nach.

Mit dem Finger tippte Ava Sari auf das Display.

»Unmöglich, hier schreibt die mallorquinische Polizeibehörde, dass der Mann die Insel nicht verlassen konnte. Gegen ihn läuft ein Verfahren wegen schwerer Körperverletzung. Sein Pass wurde eingezogen.« Bedauernd blickte Ava Sari in die Runde.

»Und bei Ulrike Förster sieht es nicht anders aus. Kurz nachdem sie mit dem Leichnam ihrer Lebensgefährtin in Köln angekommen ist, bekam sie einen Nervenzusammenbruch. Sie war täglich in psychologischer Behandlung. Und ist es immer noch. Die behandelnde Ärztin, eine Frau Dr. Kellermann in Köln-Lindenthal, hat das bestätigt. Zu mehr wollte die Frau sich nicht äußern, ihr kennt das ja, Ärztliche Schweigepflicht und so.«

»So kam mir Ulrike Förster auch vor, sie wirkte ziemlich angeschlagen«, meinte Kathrin Hansen.

»Natürlich könnte sie jemanden beauftragt haben, Tolski zu töten. Auf Lens Menden hatte sie ja auch irgendwelche Jungs angesetzt, die ihn krankenhausreif geprügelt haben. Trotzdem«, Kathrin Hansen zog ihre Stirn kraus, »ich glaube das nicht. Dafür war die Zeit zu kurz. Ein angeheuerter Killer hätte erst die Lage auf Langeoog sondieren müssen, hätte Tolski länger beobachtet und seine Gewohnheiten studiert.

Und letztlich die Art und Weise, wie Tolski zu Tode gekommen ist. Nein, das alles passt nicht zu einem Auftragskiller, der gewohnt ist einen schnellen Job zu machen. Trotzdem Ava, die Kollegen in Köln sollen an Ulrike Förster dranbleiben, vielleicht ergibt sich ja doch noch was.«

Maike Jansen druckste auf ihrem Stuhl herum, blickte mehrmals zu Friedrichs hin und meinte schließlich, dass sie und Olli ja nochmals den Ablauf des Abends, an dem Tolski getötet wurde, durchspielen könnten.

»Wir fangen an dem Punkt an, wo Tolski einen Anruf erhielt und das Haus verlassen hat«, schlug sie vor. »Ich komme immer noch nicht damit klar, dass ein skrupelloser Killer wie Tolski, der eine Gefahr auf eine Seemeile hin wittert, so einfach in eine Falle läuft. Ich kann nicht glauben, dass er so einfach mir nichts, dir nichts, mit wem auch immer, auf den Dünenfriedhof marschiert ist.

Abends, ohne Bodyguards.

Leute, dafür muss es doch einen Grund gegeben haben. Einen Grund, der zwingend genug war, das Tolski alle Vorsicht außer Acht gelassen hat.«

Anerkennend zwinkerte Kathrin Hansen der Kriminalassistentin zu. Maike Jansen hatte den

Kern getroffen. Wenn sie den Grund herausbekämen, warum Tolski so gehandelt hatte, kämen sie dem Täter sehr nahe.

Sie wusste nicht warum, aber plötzlich wurde sie wieder zuversichtlicher. Sie sah die dunklen Wolken über dem Meer verschwinden, sah sich und Hindrik am Strand laufen und die Mordfälle gehörten der Vergangenheit an.

War das ein gutes Zeichen?, durchfuhr es sie.

Geht es endlich weiter?

Entschlossen trank sie den Rest Kaffee aus und stimmte Maike Jansen zu, dass sie und Friedrichs den Ablauf des Abends, an dem Tolski ermordet wurde, nochmals checken sollten.

»Jeden Meter, den er von seinem Haus bis zum Dünenfriedhof zurücklegen musste«, knurrte sie. »Seht euch die Büsche, Hecken an, vielleicht liegt etwas herum, was auf Tolski oder seinen Mörder hinweisen könnte.«

»Olli, wo fangen wir an?«, meinte Maike Jansen, als sie vor dem Haus im Kavalierpad standen.

»Was glaubst du, wo hat der Russe seinen mysteriösen Anrufer getroffen?

Hier, vor seinem Haus?

Irgendwo zwischen dem Kavalierpad und dem Dünenfriedhof?

Oder ist Tolski zum Friedhof marschiert und sein Mörder hat dort auf ihn gewartet?«

»Laut Aussage dieser Tamara Olaschenko, die an dem Abend bei ihm zuhause war, war es etwa einundzwanzig Uhr, als der Anruf kam, der ihn aus dem Haus lockte«, brachte Friedrichs die Fakten in Erinnerung.

»Einundzwanzig Uhr.

Da sind nicht mehr viele Leute unterwegs. Vielleicht ein paar Verliebte am Strand. Fotografen, die am Meer auf die letzten Motive des Tages aus sind. Auf keinen Fall waren viele Menschen auf den Straßen, die Tolski bemerkt haben könnten.

Von daher ist alles möglich.«

»Nein, ist es nicht.«

Grübelnd wibbelte Maike Jansen hin und her.

»Olli, stell dir vor, du steckst voller Hass. Du willst eine bestimmte Person um die Ecke bringen. So richtig schön mit Gefühl. Haare abschneiden, Zunge herausschneiden, um das Opfer am Ende dann langsam zu erdrosseln. Kannst du dir vorstellen, dass du mit dem Objekt deines Hasses vorher noch Small Talk machst? Noch einen schönen, gemeinsamen

Spaziergang zum Friedhof unternehmen würdest?«

»Eher nicht, obwohl es Typen gibt, die das können. Die einen auf saufreundlich machen und im nächsten Moment ihr Opfer killen. Trotzdem, ich kann mir auch nicht vorstellen, dass Tolski sich mit dem Anrufer hier vor seinem Haus getroffen hat und dann mit ihm zum Dünenfriedhof gegangen ist.

Warum auch?

Hatten sie was vor, dass keiner mitkriegen sollte, hätten sie das ungestört im Haus des Russen abwickeln können.«

Maike Jansen sah das genauso.

»Also haben sie sich am Dünenfriedhof getroffen. Kein Mensch weit und breit, perfekt, um Tolski mit einem Elektroschocker außer Betrieb zu setzen. Ihn zu den Stelen zu schleppen, dürfte dann kein Problem mehr gewesen sein.«

Friedrichs tat sich mit dieser Vorstellung schwer.

Sehr schwer.

»Maike, stell dir vor: Der Russe machte sich mit dieser Olaschenko einen schönen Abend. Sie hatten getrunken, waren vielleicht schon mit irgendwas im Gange. Mit Sicherheit hatte Tolski keinen Bock, die prickelnde Situation zu beenden und das gemütliche Haus zu verlassen.

Dann kam der Anruf

Laut Aussage der Frau war es schlagartig mit der Stimmung, der guten Laune, vorbei. Tolski wurde wütend, so wütend, dass sie Angst bekommen hat. Ohne eine Erklärung verließ er kurz darauf das Haus. Stell dir vor, der Mann war schwerreich, er war es gewohnt, dass sich alles nach ihm richtete. Also wäre es doch normal gewesen, er hätte dem Anrufer gesagt, er sollte sich zum Teufel scheren.

Und damit sind wir wieder am Anfang.

Wer kann soviel Einfluss gehabt haben, das Tolski darauf abgefahren ist?«

Einfluss!

Maike Jansen schoss ein Gedanke durch den Kopf. Sie dachte daran, in welch ehrfürchtigem Ton der Russe von seiner Familie gesprochen hatte, als er der Hauptkommissarin und ihr die Ahnengalerie gezeigt hatte. Mit welcher Liebe er das Bild seiner verstorbenen Mutter angesehen hatte.

»Verdammt, Olli, das ist es.

Seine Familie.

Es ging um seine Familie.«

Irritiert starrte Friedrichs sie an. Zu dieser Vorstellung hatte er überhaupt keinen Draht.

Vor Freude drückte ihm Maike Jansen impulsiv einen Kuss auf den Mund.

Das »Guck dir mal die Alten da an«, das ein Teenie grinsend zu seinem Kumpel rüber schmiss, als sie an ihnen vorbei stakten, steckte sie grinsend weg. Vor Aufregung hüpfte sie von einem Bein auf das andere.

»Olli, das ist es.

Das ist es, wonach wir gesucht haben.

Die Verbindung.«

Von ihrer impulsiven Freude fasziniert, blickte Friedrichs in ihre strahlenden Augen und konnte es mal wieder nicht fassen, dass dieses umwerfende Geschöpf in ihn verknallt war.

»Familie?«, quetschte er schließlich heraus.

»Du meinst, ein Mitglied seiner Familie hat Tolski auf den Friedhof gelockt und ihn dort ermordet?

Wahnsinn, darauf wäre ich ja nie gekommen.«

»Falsch, Olli. So ist das nicht gelaufen. Er ist nicht durch seine Familie ermordet worden. Nein, er ist zu dem Treffen gegangen, weil er Angst um seine Familie gehabt hat. Jemand hat ihm gedroht, seiner Familie etwas anzutun, was auch immer das gewesen sein könnte.«

Friedrichs verstand nichts mehr. Skeptisch zog er die Stirn kraus.

»Aber der Mann war doch hier alleine auf der Insel, wie soll es da einen Zusammenhang gegeben haben?«

»Olli, Heidkamp hat doch gesagt, dass die Liste der Feinde, die Tolski hatte, ellenlang ist. Es ist doch denkbar, dass jemand auf die Insel gekommen ist, um ihn zu töten. Sich an ihm zu rächen. Oder es war ein Auftragsmord, was ich allerdings nicht glaube. Um Tolski aus seinem Haus zu locken, hat der Täter vorgegeben, seine Familie zu bedrohen. Allerdings setzt das voraus, dass er Informationen über die Tolskis hatte. Und er musste sich sicher sein, wie der Russe reagieren würde, dass er nicht der Mann war, der vor Angst in die Hose machen würde. Tolski war ein Killer, mit Sicherheit bewaffnet und zu allem entschlossen, um seine Familie zu schützen.«

»Himmel«, stöhnte Friedrichs. »Wenn das so gelaufen ist, wie sollen wir da jemals weiterkommen. Wie du selbst meintest, die Liste der Feinde dieses Mannes ist ellenlang.«

»Wir werden sehen.«

Maike Jansen nahm seine Hand und zog ihn in Richtung Dünenfriedhof.

18. KAPITEL

Erleichtert heftete Kathrin Hansen das letzte Protokoll in den Ordner ab. Nach der Besprechung hatte sie die ruhige Zeit genutzt und den Papierkram, der in den letzten Tagen liegen geblieben war, erledigt. Eine Arbeit, die sie nicht so unbedingt begeisterte. Aber auch die musste schließlich gemacht werden. Es ging auf Mittag zu und sie hatte nun so richtigen Appetit auf was Leckeres. Eine herzhafte Currywurst, überlegte sie, das wäre mal was. Mit Fritten und mit allem drum und dran. Etwas, dass nicht allzu oft auf ihrer Speisenkarte stand. Doch heute musste das sein. Sie sagte kurz Ava Sari Bescheid, die über Mittag die Stellung hielt, und verließ dann die Dienststelle.

Wenn es um eine leckere Wurst ging, gab es für Kathrin Hansen nur den Imbiss in der Marktstraße. Dort bekam sie eine gute Qualität mit hausgemachter Currysoße. Entspannt setzte sie sich an einen Tisch im Außenbereich und beobachtete beim Essen die vorbei flanierenden Urlauber. Und wie schon so oft, freute sie sich, das Langeoog eine Insel für alle Generationen war. Knirpse, die gerademal laufen konnten, flitzten unbeschwert auf ihren Laufrädern über die Straße, betagte Herrschaften schoben sich an den Geschäften vorbei oder saßen auf einer Gästeterrasse und ließen sich verwöhnen. Klar, jetzt zur Hauptsaison war der Großteil der Feriengäste Familien, aber auch viele Jugendgruppen in den Erholungsheimen bevölkerten die Insel.

Alle diese Menschen liebten das Meer, den Strand und kamen auf Langeoog, weil sie sich hier sicher fühlten, weil die Kinder ohne Aufsicht ausgelassen herumtoben konnten.

Und sie hatte die Verantwortung, dass das auch so bliebe. Falten gruben sich in ihre Stirn, der gerade noch freudige Blick wurde getrübt. Ihr Instinkt sagte ihr, dass der Mörder von Lucas Tolski noch auf der Insel war und damit eine Gefahr für die Öffentlichkeit bedeutete. Dabei wurde ihr bewusst, dass der Tod des Russen sie nicht sonderlich berührte, dass selbst die grausame Art und Weise, wie er zu Tode gekommen war, sie kalt ließ. Für sie hatte er seine gerechte Strafe bekommen.

Nur konnte sie dem Mörder keine Absolution erteilen.

Sie war Polizistin.

Plötzlich hatte Kathrin Hansen keinen Appetit mehr. Sie musste sich zwingen, zu Ende zu essen, kaufte sich noch eine Limo und ging in Gedanken versunken zur Dienststelle.

Vor dem schmiedeeisernen Tor des Dünenfriedhofs blieben Maike Jansen und Friedrichs stehen. Sie musterten die örtlichen Gegebenheiten und stellten sich vor, wie das Zusammentreffen zwischen Tolski und dem Unbekannten abgelaufen sein könnte.

Friedrichs zeigte auf ein Hinweisschild, auf dem Baron von Schilling namentlich verewigt war.

»Dem ehrwürdigen Baron wird das, was hier gelaufen ist, auf jeden Fall nicht gefallen haben«, meinte er nachdenklich.

»Nein, das glaube ich auch nicht«, kommentierte Maike Jansen und blickte sich eingehend um. Ihr Blick blieb an dem breiten, massiven Tor hängen, auf sie wirkte es wie eine Barriere, die das Gelände dahinter abschottete. Hätte Tolski sich freiwillig in diese Isolation begeben?, fragte sie sich.

Nein.

Sein Killerinstinkt hätte Alarm geschlagen. Es musste anders gelaufen sein.

»Ich glaube, Tolski wurde bereits hier vor dem Tor außer Gefecht gesetzt«, meinte sie zu Friedrichs.

»Und es muss blitzschnell gegangen sein, Tolski durfte keine Chance bekommen, sich zu wehren. Die Pathologin sprach von einem Elektroschocker, das könnte passen.«

»Stimmt. Aber warum wurde Tolski danach bis zu den Stelen geschleppt? Das muss doch einen Grund gehabt haben.« Friedrichs hielt nicht unbedingt was auf Bauchgefühle, aber hier sagte ihm sein Instinkt, dass der Ort, an dem der Russe getötet wurde, für den Täter eine Bedeutung hatte. Dass es kein Zufall war, dass er sein Opfer bis zu der Gedenkstätte geschleppt hatte und dort folterte und erdrosselte.

»Wir sehen uns das noch mal genauer an«, meinte Maike Jansen, drückte das Tor auf und ging weiter in die Friedhofsanlage hinein.

Als sie die Gedenkstätte erreichten, fasste sie ihren Kollegen am Arm und blieb stehen. Sie wollte die Situation, die Atmosphäre, auf sich wirken lassen.

An beiden Seiten des mit weißem Kies belegten Weges standen drei Stelen, auf denen fortlaufend Namen eingemeißelt waren. Zu ihrer Schande musste Maike Jansen sich eingestehen, dass sie sich für die Geschichte des Dünenfriedhofes bisher nicht interessiert hatte. Aufmerksam las sie vor, was auf der Infotafel zu der Gedenkstätte geschrieben stand und fuhr zusammen, als sie verinnerlichte, dass an über einhundert russische Kriegsgefangenen gedacht wurde, die auf Langeoog zu Tode gekommen waren. Und sie hätte sich irgendwo hin beißen können, dass ihnen das bei den Ermittlungen nicht aufgefallen war.

»Olli, wie konnte uns das entgehen«, stöhnte sie frustriert und blickte auf die Stele, an der Tolski ermordet wurde.

»Warum ist das keinem von uns aufgefallen?«

Mit gerunzelter Stirn ließ Friedrichs sacken, was sie gesagt hatte. Er konnte sich daran erinnern, dass seine Mutter und seine Tante von gefangenen Russen geredet hatten, die unter den Nazis auf der Insel zu Tode gekommen waren. Sie hatten beim Ausbau des Luftwaffenstützpunktes so lange schuften müssen, bis sie vor Hunger und Erschöpfung krepiert waren.

»Mensch, Maike, verdammt«, fluchte er, legte seinen Arm um ihre Schulter und starrte auf die

Gedenkstätte.

»Dass wir das nicht früher gerafft haben. Tolski war Russe, er wurde auf einer russischen Gedenkstätte ermordet, wie doof sind wir eigentlich?«

Kopfschüttelnd setzte er sich auf den Boden, lehnte sich an eine Stele an und verfiel ins Grübeln. Mit dem Handy fotografierte Maike Jansen jede der sechs Steinsäulen und achtete darauf, dass alle Namen einwandfrei zu lesen waren. Es waren russische Namen und sie hoffte, dass ein Tolski darunter sein würde.

Kathrin Hansen war alleine in der Dienststelle. Sie hatte Ava Sari für den Rest des Nachmittags freigegeben und das Telefon hatte auch Mitleid mit ihr gezeigt und sich nicht gemeldet. Sie genoss die Ruhe, ließ ihre Gedanken wandern, überdachte die Fakten der Ermittlungen und beschloss, sich nochmals das Video aus der Disko anzusehen. Sie interessierte die Leute, die sich dort an dem Abend getummelt hatten. Es musste doch irgendetwas geben, dass sie weiterbringen würde.

Sie fuhr den Laptop hoch, öffnete die Videodatei und spulte die Aufzeichnungen bis zu dem Moment vor, wo Lucas Tolski und Linda Soest in die Disko kamen. Beim Anblick der jungen Frau überfiel sie Trauer. Es war immer noch nicht zu begreifen, dass Linda Soest kurze Zeit später tot war.

Für Kathrin Hansen hatte derjenige, der Tolski auf dem Gewissen hatte, ein gutes Werk getan. Dieses Ungeheuer hatte es nicht anders verdient.

Doch sie hatte ihren Job zu machen.

Aufmerksam vertiefte sie sich in die Sequenzen, in denen die Gäste der Disko deutlich zu erkennen waren. Als die Szenen kamen, in denen Linda Soest von Tolski hart bedrängt wurde, achtete sie auf Gäste, denen das aggressive Verhalten des Russen aufgestoßen sein könnte. Schließlich atmete sie tief durch und lehnte sich zurück.

Da war nichts, aber auch gar nichts, das ihr einen Hinweis geben könnte. Als sie enttäuscht das Video im Schnelldurchgang zurücklaufen ließ, tauchte nochmals das arrogante Gesicht von Tolski auf. Eine Szene, die sie nicht bemerkt hatte.

Eine Szene, in der sich Tolski angeregt mit dem Mann hinter der Bar unterhielt. Kathrin Hansen glaubte es nicht. Jan Harms hatte doch ausgesagt, er hätte mit Tolski kaum gesprochen. Dazu hätte er keine Zeit gehabt. Sie ließ das Video weiterlaufen und staunte nicht schlecht, dass die beiden sich eine ganze Weile unterhalten hatten. Und es sah nicht nach einem Geplänkel aus, wie es an einer Bar üblich war. Zwischendurch spendierte der Russe eine Runde Champagner, reichte auch Jan Harms ein Glas und stieß mit ihm an.

Kathrin Hansen verfiel ins Grübeln.

Jan Harms musste mit Tolski über etwas geredet haben, das er bei seiner Aussage verschwiegen hatte. Damit hatte er in einem Mordfall Informationen zurückgehalten.

Bewusst zurückgehalten.

Verdammt, was ist denn da gelaufen, schoss es ihr durch den Kopf. Sie fuhr den Laptop herunter und sehnte sich plötzlich nach frischer Luft.

Nach Bewegung.

Dabei konnte sie am besten nachdenken.

Entschlossen zog sie ihr zweites Paar Laufschuhe an, das sie im Büro aufbewahrte, schickte eine kurze Info an ihre Leute und verließ die Dienststelle.

Da sie sich bei der Gelegenheit mal ansehen wollte, wieweit die Sandaufschüttung am Oststrand voran gekommen war, fuhr sie mit dem Bike bis zum Zugang Hundestrand Ost, parkte und wunderte sich, dass so wenige Fahrräder dort standen. Einige Minuten später sah sie den Grund, warum sich nur wenige Leute an diesem Strandabschnitt aufhielten. Aus Sicherheitsgründen waren die Abgänge zum Strand hin gesperrt. Eine große Infotafel informierte über die Maßnahmen und als kleine Entschädigung waren mehrere Bänke aufgestellt, auf denen Interessierte beobachten konnten, wie die schweren Bagger und Vorderlader tonnenweise den Sand, der aus großen Rohren ausgespült wurde, aufnahmen, transportierten und befestigten.

Eigentlich hätte Kathrin Hansen kehrtmachen und zum nächsten offenen Strandzugang im Pirolatal fahren müssen.

Eigentlich.

Eigentlich hatte sie darauf aber gar keinen Bock. Sie ging bis zu der Stelle, von wo aus die Absperrung das Weitergehen verbot, vergewisserte sich, dass sie immer noch alleine war und stapfte durch den Sand hinunter zum Strand. Ihr Fehlverhalten entschuldigte sie damit, dass sie im Dienst war und keine Zeit für Umwege hatte.

Die beiden Männer, die neben einer schweren Planierraupe standen und ihr unmissverständliche Blicke zuwarfen, ignorierte sie und setzte sich in Trab. Bis zum Ende der Rohrleitung lief sie durch aufgeschütteten, teils schon verdichteten Sand und staunte, welche gigantische Mengen im Meer aufgesaugt, bis vor die Küste verschifft und durch eine Rohrleitung gepresst, auf den Strand geschleudert wurden. Seit sie hier mit Hindrik gelaufen war, hatten die Arbeiten enorme Fortschritte gemacht. Das Rohr, in denen sie King gefunden hatten, wurde bereits an anderer Stelle eingebaut.

King.

Schlagartig dachte sie wieder an die Disko, an das Video, an das angeregte Gespräch zwischen Jan Harms und Tolski. Sie rief sich in Erinnerung, was Jan Harms ausgesagt hatte. Eigentlich nur, das er gehört hätte, wie Tolski Linda Soest angedroht hatte, sie zurück zu schicken und ihren Vertrag zu kündigen, wenn sie ihm nicht etwas mehr entgegen kommen würde.

Kathrin Hansen spürte, wie sich ein flaues Gefühl in ihr breit machte. Was konnte ein Mann wie Jan Harms mit Tolski zu tun gehabt haben? Hatte sie sich so in ihm getäuscht? Musste selbst der Mord an Linda Soest nochmals überdacht werden?

Als Barkeeper hätte Jan Harms ohne weiteres eine Droge in das Glas von Linda Soest geben können, ohne dass es einer bemerkt hätte.

War er etwa ein bezahlter Handlanger von Tolski?

Das flaue Gefühl in ihrem Magen wurde stärker. Sie musste sich Jan Harms vorknöpfen.

Sofort.

19. KAPITEL

Vom Oststrand war sie im Eiltempo zum Schniederdamm gestrampelt um Harms zur Rede zu stellen und stand vor verschlossener Tür. Sie fuhr weiter zum Reiterhof, wo man ihr mitteilte, dass er mit seiner Frau auf dem Festland wäre. Irgendein Treffen. Genaueres wusste keiner zu sagen. Nur, dass er am kommenden Tag nachmittags Termine mit Reitschülern hatte. Vielleicht gar nicht so schlecht, überlegte Kathrin Hansen, so hatte sie Zeit, sich mit seiner Vergangenheit zu beschäftigen. Wenn es denn etwas gab, womit man sich beschäftigen konnte.

In Kurzfassung schickte sie eine Info an ihre Leute und setzte eine Besprechung an. Intern, in kleiner Runde. Heidkamp wollte sie noch außen vorlassen. Erst musste sie Ergebnisse haben. Oder auch keine. Auf jeden Fall brauchte sie Klarheit.

Sie rief Hindrik auf seinem Handy an und war überrascht, als er sich von zuhause aus meldete.

»Wow, was ist das«, sagte sie und freute sich auf einen gemeinsamen Abend.

»Ich habe mir gedacht, wenn du es schaffst, pünktlich zu kommen, könnten wir noch eine Runde laufen«, meinte Hindrik unternehmungslustig.

»Und danach vielleicht einen Abstecher in den *Fährmann* auf ein Bierchen.«

Das wäre genau das, was Kathrin Hansen am liebsten getan hätte, nur es ging nicht. Sie brauchte den Abend, um sich über einiges klar zu werden. Aber wie immer, war das für Hindrik kein Problem. Sie könnten sich ja auf die Terrasse setzen, den herrlichen Abend genießen und genug zu tun hätte er auch, meinte er.

»Okay«, sagte Kathrin Hansen erleichtert. »Dann besorge ich noch ein Baguette und etwas Käse. Getränke haben wir da.«

Als sie nach Hause kam, hatte Hindrik den Tisch auf der Terrasse gedeckt und der Stapel Hefter, den er vor sich liegen hatte, machte ihr klar, dass er sich einiges für den Abend vorgenommen hatte. Auch ein Phänomen, mit dem sie sich oft schwer tat, das zu verinnerlichen. Es konnte ja sein was es wollte, Hindrik und sie lagen immer auf derselben

Wellenlänge. Dagegen hatten sich ihr Ex und sie immer schwer getan, etwas Gemeinsames zu finden, das ihnen Spaß gemacht hätte.

Eine Weile ließen sie die Atmosphäre des windstillen, friedlichen Abends auf sich wirken, langten bei Käse und Baguette ordentlich zu und genossen die Ruhe.

Bei dem Gedanken an Ruhe bemerkte Kathrin Hansen, wie sie sich verkrampfte. Ruhe würde es für sie erst geben, wenn sie die noch offenen Fragen geklärt hatte. Ruckartig setzte sie sich auf und blickte zu Hindrik hin.

»Entschuldige, ich glaube, ich muss was tun, sonst dusele ich so weg.«

»Kein Problem, mir geht es genau so.«

Sie räumten den Tisch ab und Kathrin Hansen ging anschließend in ihr Arbeitszimmer um Unterlagen zu holen. Ihr Blick blieb dabei am Bücherregal hängen, in dem einige Bände standen, die sie von ihrem Opa Knut, dem Kutterkapitän, geerbt hatte. Bücher, die Langeoog betrafen. Vielleicht finde ich ja was über eine Familie Harms, überlegte sie. So, wie Jan Harms ausgesagt hat, hatte seine Mutter Zeit ihres Lebens auf der Insel gelebt.

Sie stöberte einige Bücher durch und nahm schließlich den Band aus dem Regal, in dem die Inselgeschichte dokumentiert war. Und da sie einmal dabei war, nahm sie auch das Fotoalbum aus dem Hause Tolski mit. Eigentlich hätte sie es sich längst ansehen müssen, war aber einfach nicht dazu gekommen.

Auf der Terrasse machte sie es sich in ihrem Lieblingsstuhl bequem, zwang sich, nicht nur auf das Meer und auf den Strand zu blicken und schlug das Fotoalbum der Familie Tolski auf.

Hatte sie gehofft, Fotos von Lucas Tolski zu entdecken, wurde sie enttäuscht. Auf dem jüngsten Foto war eine stattliche Frau in einem strengen, schwarzen Kleid abgebildet, datiert auf den 1. Januar 1960. Ein Neujahrsfoto, wofür auch das Glas Sekt sprach, das die Frau in der Hand hielt. Und dann ging es rückwärts bis zum Jahr 1918 weiter. Hier war als letztes Foto ein Gruppenbild von russischen Soldaten eingeklebt, die ihre Gewehre in die Höhe reckten und in Siegerpose in die Kamera blickten. Ob ein Tolski dabei war, konnte sie nicht feststellen, doch davon war auszugehen.

1918, überlegte Kathrin Hansen, war der Erste Weltkrieg zu Ende. Und die Russen gehörten den Siegermächten an. Nachdenklich ließ sie die Kartonseiten des Albums durch die Finger gleiten und war nur mit halbem Herzen bei der Sache. Die Fotos waren zu alt, da konnte sie nichts mit anfangen. Keines der Fotos konnte sie mit Lucas Tolski in Verbindung bringen, der 1971 geboren wurde. Doch eines musste sich Kathrin Hansen eingestehen, die Mitglieder der Familie Tolski waren ausnahmslos stolze, selbstbewusste Persönlichkeiten. Unter den Frauen waren richtige Schönheiten, mit strahlenden Augen, ansprechenden weiblichen Körpern, wogegen die Herren durchweg kantige Gestalten mit zum Teil grausamen Gesichtszügen waren. Bei ihrem Anblick gruselte es Kathrin Hansen, sie konnte sich gut vorstellen, wie diese Herrenmenschen ihre Leute geknechtet hatten.

»Schade«, murmelte Kathrin Hansen enttäuscht und wollte das Album schließen, als ihr Blick an einem Foto hängen blieb, auf dem mehrere zerlumpte Gestalten zu sehen waren. Diese Szene passte nun gar nicht in die Reihe der imposanten Familie. Interessiert betrachtete sie das Foto, hielt es näher an die Augen und fuhr mit einem überraschten »Nein, das gibt es doch nicht«, zurück.

Aufgeschreckt starrte Hindrik zu seiner Lebensgefährtin hin.

»Entschuldige«, quetschte Kathrin Hansen heraus und sprang auf.

»Bin gleich wieder da.«

Mit Notebook und Vergrößerungsglas kam sie zurück und fuhr das Notebook hoch.

»Wahnsinn, Hindrik«, meinte sie aufgeregt.

»Wenn das stimmt, was ich glaube hier zu sehen, ist das eine irre Geschichte.«

Bei dieser spannenden Ankündigung kam Hindrik der Biologie Aufsatz eines Schülers, der sich über das Leben der Wattwürmer ausließ, direkt fad vor. Er legte das Heft zur Seite und rückte seiner Hauptkommissarin auf die Pelle. Er wollte sehen, was sie so außer Fassung gebracht hatte.

»Hier«, Kathrin Hansen tippte auf den Monitor, auf dem das Foto eines Mannes zu sehen war.

»Sieh dir das Gesicht genau an. Das ist ein Zeuge in den derzeit laufenden Ermittlungen.«

Dann hielt sie das Vergrößerungsglas über das alte vergilbte Foto.

»Und jetzt sieh dir hier den Mann in der Mitte an, den Mann, der eine geballte Faust in die Höhe reckt.«

Hindrik wurde sofort klar, was sie meinte und sah sie perplex an. Er verglich nochmals beide Fotos und war sich ganz sicher.

»Unglaublich. Der Mann auf dem Gruppenfoto muss ein Vorfahre von deinem Zeugen sein. Wahrscheinlich sein Vater.«

»Großvater, Hindrik.

Sieh dir die Jahreszahl an.

1943.

Aber da ist noch was.«

Kathrin Hansen konnte immer noch nicht fassen, auf was sie gestoßen war.

»Hindrik, das Foto wurde hier bei uns auf Langeoog gemacht. Im Hintergrund siehst du das Backsteingebäude, in dem früher das Hospiz war. Und ganz weit hinten steht der Wasserturm.«

Hindrik betrachtete nochmals die Abbildung, sah sich mit der Lupe die zerlumpten Männer genauer an, identifizierte zerfetzte Reste von Uniformen und meinte, dass es sich um russische Soldaten handeln müsste.

»Genau.

Es sind russische Kriegsgefangene. Sie wurden von den Nazis nach Langeoog deportiert um hier den Luftwaffenstützpunkt auszubauen. Mein Opa hat davon erzählt und er war jedes Mal erschüttert über das Schicksal dieser Männer. Sie wurden behandelt wie Vieh, mussten schuften bis zum Umfallen und sind in dem Zeitraum bis 1945 durch Unterernährung und vor Erschöpfung gestorben. Der eine früher, der andere später.«

Kathrin Hansen ließ sich in ihren Stuhl fallen und blickte Hindrik mit großen Augen an.

»Hindrik, Dünenfriedhof. Gedenkstätte der russischen Kriegsgefangenen.

Lucas Tolski, der Russe, wurde genau dort an einer Gedenk Stele gefesselt, gefoltert und erdrosselt.

Ich glaube es nicht.«

»Und wer sind nun die beiden Männer auf den Fotos?«, wollte Hindrik wissen.

»Der Mann auf dem Monitor ist Jan Harms, mein Zeuge, und der russische Kriegsgefangene kann nur ein Tolski sein, sonst wäre das Foto nicht in diesem Familienalbum.«

»Das würde ja bedeuten, das Jan Harms ein Nachkomme von diesem Russen ist, der 1943 hier auf Langeoog in Gefangenschaft war«, schloss Hindrik die logische Konsequenz.

»Genau. Und das heißt, das Jan Harms mit diesem Lucas Tolski verwandt ist.

Das ist wirklich der Hammer.«

20. KAPITEL

So langsam wurde es Maike Jansen leid, in den alten verstaubten Unterlagen zu stöbern. Dabei konnten sie froh sein, das Holger Simms, der für das Inselarchiv zuständig war, sie außerhalb der Öffnungzeit überhaupt herein gelassen hatte. Und das auch nur, weil mal wieder zufälligerweise Friedrichs ein alter Kumpel von ihm war. So langsam stellte sich bei Maike Jansen die Frage, ob es überhaupt jemanden von den Insulanern gab, der kein alter Kumpel von Friedrichs war.

»Hier, das könnte interessant sein«, ließ sich Friedrichs hören und legte einen Zeitungsausschnitt auf eine Leseablage.

»Insel Report, Ausgabe März 1943. Wahnsinn, das Blatt gab es tatsächlich schon damals«, staunte er.

»Also, hier steht, dass einhundertdreizehn russische Kriegsgefangene auf der Insel eingetroffen sind und in ein Lager am Außenrand des Ortes gebracht wurden.

Mein Gott Maike«, Friedrichs tippte mit dem Finger auf ein Zeitungsbild.

»Sieh dir das an. In dieser abbruchreifen Bude konnten die Menschen doch niemals den Winter überstehen. Und ich kann mich noch daran erinnern, dass meine Mutter sich mal mit meiner Tante darüber unterhalten hat. Ich vergesse nie, wie erschüttert sie über das Schicksal dieser Menschen waren.«

Mehr gab der Zeitungsartikel allerdings nicht her und Maike Jansen schlug vor, am anderen Tag weiter zu buddeln.

»Nur noch die eine Ablage hier, dann sind wir weg«, meinte Friedrichs und blätterte abgeheftete, durch Feuchtigkeit gewellte Dokumente um.

»War aber auch nichts«, meinte er schließlich, klappte den Papierordner zu und bemerkte ein loses Blatt, das herausgerutscht war.

»Maike, siehst du irgendwo einen Locher«, meinte er und registrierte, dass er einen ausgeschnittenen Zeitungsartikel in der Hand hielt.

An der Überschrift blieb sein Blick hängen. „Hinrichtung im Lager der russischen

Kriegsgefangenen." Friedrichs spürte, wie sich etwas in ihm verkrampfte.

»Maike, sieh mal«, rief er und starrte auf den Artikel. Starrte gebannt auf das Zeitungsfoto, auf dem ein nackter Mann zu sehen war, den man mit einem Strick an einen Baum aufgehängt hatte.

»Im Namen des Führers wurde heute der russische Kriegsgefangene Michail Iwanow hingerichtet«, las Friedrichs mit belegter Stimme vor. »Michail Iwanow wurde festgenommen, als er aus dem Lager flüchten wollte. Der russische Mitgefangene Oberst Serge Tolski hatte die Vorbereitungen für die Flucht bemerkt und dies pflichtbewusst dem deutschen Lagerkommandanten gemeldet. Dadurch konnte er die schwere Strafe, die beim Gelingen der Flucht über das ganze Lager verhängt worden wäre, verhindern.«

»Serge Tolski«, sprudelte es aus Maike Jansen heraus.

»Noch so ein Schwein dieser Familie.«

»Ein Verräter an seinem eigenen Kameraden. Ein Denunziant«, meinte Friedrichs angewidert. Er betrachtete nochmals das Zeitungsbild, als Maike Jansen aufgeregt auf den letzten Abschnitt des Artikels tippte.

»Olli, das gibt es doch nicht, das ist ja unglaublich. Hier bittet die Redaktion die Bevölkerung von Langeoog, Nahrungsmittel für das Russenlager zu spenden.

Und jetzt kommt es.

Es wird gebeten, die Nahrungsmittel bei Antke Harms, der Lagerköchin, abzugeben.«

»Langsam, ganz langsam«, murmelte Friedrichs verwirrt. Als Maike Jansen sich an ihn drückte, spürte er, dass auch sie bis zum Äußersten angespannt war.

»Antke Harms.«

»Olli, hier steht der Name Harms.«

Ihre Stimme brach weg und Friedrichs brauchte einen Moment um sich zu sammeln.

»Maike, glaubst du, dass diese Antke Harms etwas mit unserem Jan Harms zu tun hat?

Dass es hier einen Zusammenhang gibt?«

»Wenn das nicht so ist, lasse ich mich aufs Festland versetzen«, gab Maike Jansen spontan von sich.

»Es ist doch offensichtlich, dass der Mord an Lucas Tolski in dieses Raster passt.«

Raster passt.

Friedrichs überlegte kurz, was sie damit gemeint haben könnte und kam zu dem Schluss, dass er es auf seine Art ausdrücken müsste, um es verstehen zu können.

»Du meinst, dass der Mord an Lucas Tolski auf die Vorfälle im russischen Kriegsgefangen Lager zurückzuführen sind?

Obwohl die über siebzig Jahre her sind?«

»Genau!«

Impulsiv drückte Maike Jansen ihm einen Kuss auf die Backe und zog bereits ihr Handy aus der Tasche.

Sie hatten sich im *Fährmann*, ihrer Stammkneipe, versammelt. Kathrin Hansen hatte ins Hinterzimmer gebeten, sie wollte nicht, dass sie gestört wurden. Außer ihr saßen Oberkommissar Friedrichs, die Kommissar Anwärterin Maike Jansen und Ava Sari, die gute Seele der Dienststelle, am Tisch. Kriminalrat Heidkamp hatte sie nicht dazu gebeten und es gab auch keine Telefonschaltung.

Kathrin Hansen blickte in die Gesichter ihrer Leute, ihre Mienen waren ernst, nein, eher betroffen.

»Also gut, fangen wir an«, begann sie.

»Hinter dem Mord an Lucas Tolski steckt offenbar mehr, als ein Racheakt von irgendwelchen Subjekten aus seinen kriminellen Kreisen. Durch die Informationen, die Olli und Maike im Inselarchiv ausgegraben haben, sowie durch ein Foto im Album der Familie Tolski, haben sich neue Aspekte ergeben. Geschehnisse, die sich vor über siebzig Jahren ereigneten, könnten mit dem Mord an Lucas Tolski zusammenhängen.«

Kathrin Hansen blickte Friedrichs an.

»Olli, leg doch bitte den Zeitungsartikel auf den Tisch.«

Ava Sari blickte auf das Bild in der Zeitung und zuckte zusammen.

»Was ist das?«, flüsterte sie.

»Wer ist der Mann, der da an einem Baum hängt. Nackt, mit einem Strick um den Hals? Was ist da geschehen?«

»Maike, fasse kurz zusammen, was damals vorgefallen ist«, bat Kathrin Hansen die Kommissar Anwärterin.

»Dieser Mann ist Michail Iwanow«, begann Maike Jansen. »Er war 1943 in einem Straflager für russische Kriegsgefangene hier auf Langeoog. Iwanow wurde von den Nazis hingerichtet, weil er fliehen wollte.

Hingerichtet, weil ein russischer Kamerad ihn verraten hat.«

Mit zusammen gekniffenen Augen blickte Maike Jansen ihre Kollegen an.

»Der Verräter war Oberst Serge Tolski. Ein russischer Mitgefangener.«

»Aber das ist noch nicht alles, was dieses Schwein gemacht hat«, warf Friedrichs wütend ein.

Kathrin Hansen winkte ab.

»Später, Olli, erst muss noch etwas über Antke Harms gesagt werden.«

»Genau«, nahm Maike Jansen den Faden wieder auf.

»Antke Harms war die Lagerköchin der Russen und wie wir mittlerweile wissen, waren sie und Michail Iwanow ineinander verliebt.«

Auffordernd sah sie zu Friedrichs hin.

»Olli, dazu kannst du uns mehr sagen.«

»Ja, so war es. Iwanow und Antke Harms hatten sich verliebt und wollten gemeinsam fliehen. Weg von der Insel, sie wollten sich verstecken, bis der Krieg zu Ende war. Alles war für ihre Flucht vorbereitet, ein Verwandter von Antke Harms wollte die beiden nachts mit einem Boot zum Festland bringen. Für Michail Iwanow hieß das, unbemerkt aus dem Lager zu kommen. Was nicht so schwierig war. Die Insel galt als natürliches Gefängnis und entsprechend war die Bewachung der Gefangenen eher nachlässig.

Iwanow und Antke Harms hatten sich für nachts zwei Uhr am Strand verabredet. In der Zeit war Hochwasser und die Flucht hätte gelingen können.«

Aufgewühlt trank Friedrichs einen Schluck Wasser.

»Doch Iwanow kam nicht.

Bei dem Versuch, das Lager zu verlassen, wurde er geschnappt. Und er wurde nicht etwa zufällig entdeckt, nein, die Wachsoldaten hatten auf ihn gewartet. Sie waren über seine Flucht informiert gewesen. Als Dank für den Verrat wurde Serge Tolski von den Nazis zum Kommandanten der russischen Strafgefangenen ernannt. Er hat dann auch als einziger Gefangener das Straflager überlebt.«

Kathrin Hansen tippte auf den Zeitungsausschnitt.

»Olli, das steht so ja alles nicht in dem Artikel. Erkläre bitte, woher du das so genau weißt.«

»Okay. Also, nachdem ich das hier gelesen habe, fiel mir ein, dass meine Mutter und meine Tante über das russische Straflager gesprochen hatten. Meine Mutter kannte auch tatsächlich noch Antke Harms. Noch im hohen Alter hat diese Frau ihrem russischen Geliebten nachgetrauert. Sie hat auch nie geheiratet, das Kind, das sie bekommen hatte, zog sie alleine groß.«

Ava Sari seufzte leise und blickte Friedrichs mit großen Augen an.

»Olli, war das Kind von ihrem Geliebten?«

Das Gesicht von Friedrichs verdunkelte sich. Die Vorstellung, was damals geschehen war, setzte ihm mächtig zu.

»Nein, nicht von Michail Iwanow.

Das Kind war von Serge Tolski.

Dieses Schwein hat sie vergewaltigt.«

Fassungslos starrten ihn Maike Jansen und Ava Sari an.

»Serge Tolski hat diese Frau vergewaltigt?

Mir wird schlecht, ich glaube ich muss aufs Klo«, stöhnte Maike Jansen und stürzte zur Tür.

Obwohl Kathrin Hansen diese Info von Friedrichs schon vorab bekommen hatte, spürte sie die Wut, die sich in ihr aufbaute. Wieder ein Tolski, der sich mit Gewalt genommen hatte, was er haben wollte, dachte sie und zog eine Parallele zu Lucas Tolski.

Kurz darauf kam Maike Jansen zurück, wischte sich über das Gesicht und blickte entschuldigend in die Runde. »Tut mir Leid, aber das hat mich echt getroffen.«

»Ich glaube, ehe es weiter geht, brauchen wir alle einen Schnaps«, meinte Kathrin Hansen, drückte die Sprechanlage für die Bedienung und bestellte eine Runde Ostfriesischen Klaren und einen Teller mit Käsewürfeln.

»Okay, machen wir weiter«, erklärte sie dann.

»Olli, wieso hat Antke Harms damals Serge Tolski nicht angezeigt? Er war Kriegsgefangener, die deutschen Soldaten hätten ihn wahrscheinlich erschossen.«

»Das konnte sie nicht. Der Russe hat sie erpresst. Er wusste, dass sie mit Michail Iwanow fliehen wollte, hätte er das gemeldet, wäre sie verhaftet, vielleicht sogar hingerichtet worden.«

»Dieses Schwein«, stöhnte Maike Jansen, »diese ganze Tolski Sippe scheint nur aus Mördern, Vergewaltigern und hochgradig Kriminellen zu bestehen.«

»Und was wurde aus dem Kind, das Antke Harms bekommen hat?«, fragte Ava Sari.

»Es war eine Junge. Michael Harms wurde 1944 geboren, seine Mutter hat ihm den deutschen Vornamen ihres russischen Geliebten gegeben.«

»Dieser Michael Harms hat dann später geheiratet und einen Sohn bekommen, den wir als Jan Harms kennen«, schloss Kathrin Hansen den Kreis.

»Was für eine Geschichte«, quetschte Maike Jansen heraus. Besorgt blickte sie Kathrin Hansen an, ihre Blicke bohrten sich ineinander. Sie dachten beide dasselbe und hofften, dass sie sich irrten.

In den nächsten Minuten herrschte Ruhe, jeder versuchte auf seine Art, die bedrückende Geschichte zu verkraften. Schließlich stand Kathrin Hansen auf, vergrub beide Hände in die Taschen ihrer Jeans und schritt durch das Hinterzimmer. Nun lag es an ihr, ob es noch ein weiteres Opfer der Tolski Sippe geben würde:

Jan Harms.

Wenn er Lucas Tolski getötet hatte, drohte ihm eine lebenslange Haftstrafe. Kathrin Hansen dachte an Linda Soest. Sie sah die Videoszenen, in denen Lucas Tolski die junge Frau brutal bedrängt hatte. Sie sah, wie Linda Soest sich zur Toilette schleppte, um dort zu sterben. Sie sah, wie Lucas Tolski ihr lächelnd hinterher geblickt hatte. Gut, dass dieses Ungeheuer dafür hatte büßen müssen.

Doch sie war Polizistin.

Sie musste ihren Job machen.

Sie ging zum Tisch, nahm aus ihrer Mappe das Foto, das sie aus dem Album heraus gelöst hatte und reichte es rund.

»So sah Oberst Serge Tolski aus, als er 1943 hier im Lager war.« Dann nahm sie ihr Handy, lud eine Bilddatei hoch und reichte diese weiter. »Und das ist das Gemälde, das im Haus von Tolski von dem Eindringling zerstört wurde. Obwohl Serge Tolski auf dem Lagerfoto ausgemergelt und zerlumpt aussieht, sind das zweifelsfrei die gleichen Personen. Es war also kein Zufall, dass ausgerechnet dieses Gemälde von der Wand gerissen und zerstört wurde.

Hier war Hass im Spiel.

Hass, der sich über einen langen Zeitraum hin entwickelte und durch die Morde, für die Lucas Tolski verantwortlich war, schließlich zum Ausbruch kam.«

Mit hochgezogenen Brauen sah Kathrin Hansen jedem ihrer Leute in die Augen. Sie las in ihnen Unsicherheit, sah die Konflikte, mit denen sie zu kämpfen hatten.

»Auf Grund dieser Erkenntnisse«, sagte sie betont ruhig, »müssen wir davon ausgehen, das Jan Harms Lucas Tolski getötet hat.«

21. KAPITEL

Es würde ein schwerer Tag werden, da war sich Kathrin Hansen sicher. Nicht sicher war sie sich, mit welchem Ergebnis der Tag enden würde. Eigentlich hätte sie Jan Harms auf der Dienststelle vernehmen müssen, hatte sich dann aber für einen anderen Treffpunkt entschieden.

Dunkle Wolken lagen wie grau gefärbte Watte über Langeoog. Es nieselte leicht, doch es war mild. Sie saß unter der Überdachung des Aussichtspunktes, der unmittelbar am Flughafen errichtet wurde.

Einer ihrer Lieblingsplätze.

Von hier aus hatte sie einen fantastischen Rundumblick über die Insel. Hier konnte sie entspannen, ihren Gedanken freien Lauf lassen und dabei die Schönheit von Langeoog genießen. Die salzhaltige Luft machte die Atemwege frei und sorgte für einen klaren Kopf.

Und den konnte sie gebrauchen.

Sie blickte in Richtung des Ortes und sah, wie ein Radfahrer auf dem Schniederdamm gegen den Wind ankämpfte.

Jan Harms.

Er war pünktlich.

Seine kräftige, schlanke Gestalt strahlte Energie aus. Ein Mann, der es gewohnt war anzupacken und die Dinge in die Hand zu nehmen. Dafür sprach auch das solide Haus, das er zusammen mit seiner Frau saniert hatte. Beide hatten auf der Insel ihre Zukunft gesehen.

Aufmerksam beobachtete Kathrin Hansen wie Jan Harms sein Rad an einer der Bänke anlehnte und sie prüfte, ob ihre Dienstwaffe griffbereit im Holster steckte. Eine mehr mechanische Reaktion. Sie glaubte nicht, dass es zu einer Auseinandersetzung kommen würde.

»Moin«, grüßte Jan Harm mit zerknittertem Gesicht und setzte sich neben sie auf die Bank. Und dann kam erst mal nichts.

Kathrin Hansen ließ ihm Zeit, er sollte die Möglichkeit bekommen, sich zu sammeln. Sie selbst fand solch stille Momente immer beruhigend, entspannend. Schließlich stand Jan Harms wortlos auf, drehte eine Runde auf der Plattform und lehnte sich dann Kathrin Hansen gegenüber an das Geländer der Brüstung.

»Also los«, sagte er und blickte die Hauptkommissarin mit klaren, ruhigen Augen an.

»Warum haben Sie mich hierher bestellt?«

Kathrin Hansen entschied sich für die direkte Tour.

»Sie sind der Enkel des russischen Oberst Serge Tolski, der 1943 als Kriegsgefangener hier auf Langeoog in einem Lager lebte.

Sie sind der Enkel von Antke Harms, die von diesem Russen vergewaltigt wurde und ein Kind von ihm bekam.

Michael Harms.

Ihr Vater.«

Durch Jan Harms ging ein Ruck.

Kathrin Hansen bemerkte, wie sein Gesicht alle Farbe verlor.

Beschwichtigend hob sie die Hand.

»Lassen Sie mich zu Ende reden.

Sie wissen, dass Ihre Großmutter in einen russischen Kriegsgefangenen verliebt war und mit ihm fliehen wollte. Sie wissen, dass Ihr Großvater, Serge Tolski, die Flucht durch Verrat verhindert hat.

Und Sie wissen, dass Michail Iwanow, den ihre Großmutter liebte, hingerichtet wurde.«

»Hören Sie auf«, flehte Jan Harms mit brüchiger Stimme. »Ich will das alles nicht mehr hören. Jahrelang hat mein Vater von der Schande gesprochen, dass er das Kind eines Vergewaltigers ist. Immer wieder hat er Rache geschworen, selbst dann noch, als er im Hospiz lag.«

Mit traurigen Augen blickte Jan Harms Kathrin Hansen an.

»An seinem Sterbetag musste ich ihm versprechen, die Tolskis bluten zu lassen.«

»Und da kam Ihnen Lucas Tolski, den sie in der Disko kennenlernten, gerade recht.«

Jan Harms straffte seine Schulter, sein Gesicht bekam einen harten Ausdruck.

»Sie werden nichts von mir zu hören bekommen, das mich belasten könnte. Aber ich werde Ihnen sagen, mit was Lucas Tolski, dieses Schwein, in der Disko geprahlt hat. Ja, er hat von Serge Tolski erzählt, hat geschildert, dass der Oberst selbst noch als Kriegsgefangener Frauen flach gelegt hat. Dass auf Langeoog Bastarde mit seinem Blut herumlaufen würden.«

Jan Harms spukte angewidert über die Brüstung.

»Lucas Tolski hat sich gebrüstet, dass er die Gene seines Großvaters geerbt hätte. Dass er jede Frau in sein Bett bekäme. Als ich dann bemerkte, wie er seine Begleiterin, eine nette junge Frau, bedrängte, hätte ich ihn mir am liebsten vorgeknöpft. Aber ich brauchte den Job als Barkeeper. Ich habe eine ordentliche Belastung für unser Haus zu tilgen.

Also hielt ich den Mund.

Im Laufe des Abends merkte ich, dass mit der Frau etwas nicht stimmte und bekam es mit der Angst zu tun. Ich habe oft beobachtet, welche Wirkung Drogen haben und wollte schon meinen Chef rufen, als sie auf die Toilette verschwand. Durch die Hektik, die an dem Abend herrschte, habe ich dann nicht mehr auf sie geachtet. Noch heute mache ich mir deshalb Vorwürfe.«

»Wir haben uns das Video von dem Abend angesehen, Sie haben sich lange mit Lucas Tolski unterhalten«, hakte Kathrin Hansen ein.

»Sehr intensiv unterhalten.

Fast schon freundschaftlich, könnte man glauben.«

»Stimmt.

Nachdem mir bewusst wurde, dass dieser Mensch tatsächlich ein Verwandter der Tolskis war, die mein Vater so gehasst hatte, ja, dass dieser Mensch sogar mit mir verwandt war, wollte ich alles über ihn und seine Familie wissen. Ich machte einen auf interessierten Zuhörer und Bewunderer. Lucas Tolski hat geredet wie ein Wasserfall. In erster Linie von sich selbst, von seinem Reichtum, von seinem Einfluss bis in die höchsten Gremien der russischen Regierung. Schnell hatte ich herausgefunden, dass er ein Krimineller und gnadenloser Killer war. Dass ein Menschenleben ihm nichts bedeutete.

Und ja, ich wollte diesen Menschen töten. Ich hatte erkannt, dass in ihm das abgrundtief Böse seines Großvaters pulsierte. Ich wollte ihn büßen lassen für das, was Serge Tolski meiner Großmutter angetan hatte. Deshalb habe ich Lucas Tolski ausgequetscht, was bei seinem Alkoholkonsum auch kein Problem war.«

»Wie haben Sie Lucas Tolski dazu bewegen können, dass er an einem schönen Abend, an dem er sich mit einer scharfen Prostituierten vergnügte, sich mit Ihnen vor dem Dünenfriedhof getroffen hat?«, schoss Kathrin Hansen ins Blaue hinein.

Gelassen lehnte sich Jan Harms an die Brüstung.

»Dafür gibt es keine Beweise.

Keine Indizien.

In dem Zeitraum, in dem Lucas Tolski getötet wurde, war ich zuhause, zusammen mit meiner Frau. Sie wird das bezeugen.«

Ruhig, mit ausgeglichener Miene, sah Jan Harms Kathrin Hansen in die Augen.

»Unsere Insel ist wieder sicher. Die Menschen können ihre Schönheit genießen, sie brauchen sich keine Sorgen mehr um ihre Töchter zu machen.

Schließen Sie den Fall Lucas Tolski ab.«

Es blieb lange still zwischen ihnen.

Es war gesagt, was gesagt werden musste.

Kathrin Hansen blickte zu einer zweimotorigen Maschine hoch, die mit donnernden Motoren von der Piste abhob und in den Dunst der tief hängenden Wolken hinein flog. Hinein flog, um an einem anderen helleren Ort zu landen.

Um an einem anderen helleren Ort zu landen.

Durch Kathrin Hansen ging ein Ruck.

Sie hatte sich entschieden.

»Wie wäre es mit einem Neuanfang, irgendwo, wo Sie ihre Vergangenheit und die Tolskis vergessen könnten?«, meinte sie leichthin, nahm ihr Bike, nickte Jan Harms nochmals zu und war sich sicher, dass sie die richtige Entscheidung getroffen hatte.

Beim Fahren über den Schniederdamm kam ihr die Vision in den Sinn, in der sie und Hindrik Hand in Hand am Strand liefen und die Mordfälle aus ihren Gedanken verbannt waren.

Kim Lorenz

Schreibt Langeoog Krimis
um die Hauptkommissarin
Kathrin Hansen.

Gestaltet Langeoog Malbücher mit Motiven der
Insel zum Ausmalen.

*Erschienene Titel um die Hauptkommissarin
Kathrin Hansen:*
Langeoog Blut . . . Langeoog Tod
Langeoog Haie . . . Langeoog Flut

Co.-Autor Bergische Krimis
Bergisch Kunst
Bergisch Beute
Bergisch Sünde

Co.-Autor Historischer Krimi
Maskentanz